L'Application des peines

Les Avrils
Groupe Delcourt
8, rue Léon-Jouhaux
75010 Paris
lesavrils@editions-delcourt.fr

www.lesavrils.fr

L’Application des peines

Didier Castino

Les Avrils

Il faudrait un livre qui tienne en une seule phrase. Une très longue phrase sans point ni virgule séparant l'année 2006 de celles qui l'ont précédée ou suivie. Parce que raconter Édouard Bonnefoy ne se résume pas, ne se fragmente pas en différentes parties relatives à d'hypothétiques étapes clés de son existence. Ça ne marche pas comme cela avec lui. 2006 n'est pas la date pivot au-delà de laquelle la prison s'efface. L'idéal serait de rendre compte d'une vie continue sans aucun saut dans le temps, une vie entière où passé présent futur se confondent. Tout saisir, tout restituer, ne rien transformer. Ne pas écrire.

Jamais Édouard Bonnefoy n'est autant resté en liberté. Il l'avait décidé ainsi, c'est fini je ne rentrerai plus. Nous étions en 2006. Jusqu'à présent il a réussi. Dehors depuis dix-neuf ans.

Première incarcération à dix-huit ans, c'était à l'armée, ça ne compte pas, il dit, ce n'était pas la prison ça, les autres ont suivi à intervalles plus ou moins réguliers.

Chevillées au corps, elles l'ont modelé, transformé, elles reviennent et le renvoient à son enfance, rejoignent sa jeunesse et appellent les rencontres improbables, les rencontres essentielles, les rencontres qui le suivent encore aujourd'hui.

Mais de ce qui s'est passé après le 24 mai 2006, il sera toujours temps d'en parler plus tard. À cet instant du récit, nous n'en sommes qu'au 22 mai de la même année.

Bâtiment D. Cellule 4034. Centre de détention des Baumettes. Édouard traverse ses derniers jours d'incarcération avec une apparente sérénité, il a vieilli depuis sa première mise sous écrou. Des questions, malgré tout, demeurent, il ne parvient pas à se projeter vers ce qui lui semble désormais inéluctable, il ne veut surtout pas sauter les étapes, il tient à vivre pleinement cette attente de la sortie, chaque heure, comme si c'était la dernière de son existence, surtout ne rien anticiper.

– Ce que je me dis à ce moment-là ? J'attends qu'on vienne m'ouvrir la porte. Je sais que ça se passera quand je m'y attendrai le moins, quand peut-être j'aurai oublié, c'est possible après tout d'oublier, plongé entre cet état où tu as conscience que ta peine se termine et celui où tu ne te sens pas encore libre, tu sais pas où tu es, tu te prépares à sortir, tout flotte, passé présent s'entremêlent, et le futur est un mur épais que tu ne parviens pas à percer. Richard avec qui je partage la cellule me dit c'est imminent amigo, tu reconnaîtras le pas de celui qui viendra t'ouvrir la porte pour la dernière fois. Le surveillant baraqué, Popeye, claironne depuis quelques jours, bientôt la quille pour vous. Quelle quille ? Je n'aime pas qu'il me parle comme si j'étais à l'armée, si c'était le cas, je n'en serais pas là, je n'aurais pas passé toutes ces heures en prison, je sais faire la différence, la première a été l'antichambre de la seconde, elle m'a pas aidé à l'éviter, elle m'a jeté dans ses bras au contraire, je suis passé d'un état d'obéissance à un autre état d'obéissance, mais je me dis tu vas sortir demain, après-demain ou dans une semaine, c'est pareil. Quand tu as autant attendu, tu relativises. Tu sais que tu es sortant, un jour de plus ou de moins, ça ne compte plus. Tu attends que ton nom résonne. Bonnefoy libérable. Libre. Vous sortez. Dehors. La formule varie selon le surveillant. Curieusement cette attente me plaît, une sensation étrange à l'approche de cette libération. Ma plus longue peine : 2001-2006. J'appréhende. Je pense à mon père. Cinq ans que je l'ai pas vu. C'est plus facile d'entrer finalement, jamais je ne l'aurais cru. Parce que quand tu entres à trente-cinq ans pour la cinquième fois, il n'y a plus rien. Plus de surprise, aucune appréhension. L'odeur tu la connais déjà. Le bruit aussi. Il suffit de l'avoir respirée une seconde, de l'avoir entendu ne serait-ce qu'une nuit, pour que ça te reste au fond des narines et dans le crâne jusqu'à la fin de ta vie. Tu les as en toi. Tu les reconnais. Comme si tu rentrais à la maison. C'est tellement fort la première fois. J'ai vingt-trois ans. Le bruit surtout. Impossible de fermer l'œil. Ici on ne parle pas on crie. Dans les couloirs, aux fenêtres. On crie entre les murs.

C'est donc aussi aux Baumettes qu'Édouard entre la première fois. En 1988. Au rez-de-chaussée. Là où ils arrivent tous. Il entend ce qu'il n'a jamais entendu avant.

C'est fort et c'est sourd. Ça résonne, ça lui monte des pieds à la tête, ça ne le quitte pas. Pour autant, ce n'est pas l'enfer, s'il y a du bruit, ça veut dire que les gens veillent, le silence serait pire, il ne saurait pas ce qui l'attend. Petit à petit, il reconnaît les bruits, ils se répètent, deviennent familiers, mais restent toujours sourds.

– Je parle pas de la pièce où tu te trouves à ton arrivée, là on tousse, éternue, on prononce deux mots, fait chier. Trop chaud. Putain c'est long. Mais les autres bruits. Les voix qui viennent de loin. Les voix qui crient. Tu plonges dedans, elles sont partout. Au-dessus de toi. Au-dessous. Droite. Gauche. Elles circulent, pénètrent les moindres recoins, les moindres grains de poussière en suspension, aucune ne se distingue de l'autre, ce n'est pas la même personne qui parle, mais c'est la même voix. J'ai dit uniforme ? Une voix collective. Tu ne peux pas dormir. Et puis l'odeur. Rien à voir avec l'odeur fleurie qu'utilise ma mère pour laver le sol, les vitres, le linge, rien à voir avec sa cuisine parce que toujours elle cuisine, et même si elle fait cuire qu'un biftèque même si elle prépare qu'une salade, ça sent putain de bon, je comprends pas. Là-bas, tout de suite, je sens que c'est pas comme chez moi, c'est pas non plus l'odeur de chez Pierrot, encore moins de chez Mehdi ou de chez Nath, ce n'est pas celle de l'alimentation du quartier, de la boulangerie d'Annie, de l'école ou de la cantine, non, toutes ces odeurs je les connaissais déjà. Là, ce n'était pas pareil. Inconnue. Comme le bruit. Et tu te dis que tu ne supporteras jamais, parce que moi, les odeurs, je suis sensible, ma mère le répète, on est les mêmes tous les deux, j'ai un odorat très développé, plus que mon frère et ma sœur. Une odeur de Cresyl, de détergent, un peu comme dans les hôpitaux, mais plus fort, de moins bonne qualité, à cela tu ajoutes les relents de pisse, de poubelles, la pourriture, normal on est au rez-de-chaussée, il y a les containers à deux pas. Et puis ça pourrait sentir bon en plein silence, tu ne dormirais pas plus. Tu gamberges. Tu te retrouves là. Tu ne sais pas comment ça va se passer.

Édouard attend. Il comprendra très vite que c'est ça, être privé de liberté. Attendre. Quand on est libre, on n'attend pas pour tout. Obtenir un parloir, un rendez-vous avec l'infirmier, avec le SPIP – service pénitentiaire d'intégration et de probation –, attendre pour le repas, la promenade qui ne vient pas, la douche, attendre devant toutes les portes, qu'on veuille bien ouvrir. Sonner attendre sonner à nouveau, sans réponse, sans explication, alors parfois à coup de pied de poing de tête, on appelle et on crie.

– J'ai vu des mecs se blesser à force d'attendre, s'entailler le front, se fracturer le poignet, c'est à ce prix que parfois on accède à tes demandes. Affronter la porte implacable et muette, la caresser ou s'y blesser. S'y perdre.

Attendre, on lui a dit d'attendre, de rester là jusqu'à la promenade du matin, avant de monter en cellule. On lui a donné le bagage, deux serviettes, un savon, une brosse à dents, dentifrice, dans une bassine rouge. Et un kit de correspondance qu'il envisage avec un certain embarras, pour quoi faire, lui qui n'écrit quasiment jamais ?

– Après j'ai appris, je veux dire j'ai vraiment appris à écrire pour autre chose que pour répondre à des questions, remplir une fiche de renseignements, j'ai écrit à mon père, à ma mère, je racontais ce que je leur aurais jamais dit avant, tu te sens plus libre, tu oses te livrer, ce que tu écris devient plus important au moment même où tu l'écris, tu réfléchis davantage, tu te dis que les mots écrits ne disparaîtront pas, t'en as la certitude alors que quand tu parles, tu oublies. J'ai écrit à ma femme aussi, à mon fils. J'ai écrit pour moi. Tout ce que je n'ai pas fait à l'école, je l'ai fait ici, avec des années et des années de retard, trop de retard pour tout rattraper, je le mesure chaque jour, chaque jour le manque. Je ne parle pas assez bien.

Au greffe, on a voulu prendre ses papiers, mais il n'avait rien sur lui, il ne les a jamais, on lui fait vider les poches, juste un billet, des pièces de monnaie qu'il dépose dans une petite caisse avec sa chaîne de baptême, on ne veut pas qu'il la garde. La première fois qu'il l'enlève. Il l'avait même oubliée. Il ne sait pas comment ouvrir le fermoir, on le fait à sa place. Il ne dit rien. Il sent le vide sur son cou, comme s'il était entièrement nu. Il signe l'inventaire de tout ce qu'on lui a saisi.

– Ils me donnent ensuite le bagage, ou le paquetage comme ils disent, pour mieux te prendre ce qui t'appartient, que tu ne t'en rendes pas compte, que tu ne sentes pas le vide. Mais tu le sens. Malgré la bassine rouge entre les mains.

Et puis vient la nuit. Il attend. Il repasse le film de la journée, arrestation, menottes, garde à vue, le panier à salade, le palais dans une cellule avec trente autres gars qui comme lui attendent de passer devant le juge d'instruction, le mandat de dépôt, re-panier à salade, prison et le greffe où il fait la queue pour donner ce qui lui appartient. La première fois, il ne pense pas ainsi. Il ne sait pas tout ça, il est trimbalé d'un lieu à un autre, passe d'une personne à une autre sans savoir précisément qui est qui, il attend la dernière étape, celle qui le conduira inévitablement où il se trouve. Mais au bout de combien de temps ? Il nage. Et se repassant les étapes jusqu'à son arrivée chez les arrivants, il ne peut pas dormir. En plus de l'odeur. Du bruit.

Il repense à la première personne qu'il a vue en passant sous le portique de sécurité, quand il a croisé son regard, quand il lui a donné la feuille pliée en quatre qui justifiait sa détention, quand elle a pris ses empreintes, la photo, quand elle lui a remis sa carte de circulation avec sa nouvelle identité tenant désormais en une suite de chiffres qui s'inscriront très vite, mécaniquement, dans son crâne. Numéro d'écrou : treize mille, non, cent trente-six mille sept cent cinquante-neuf. 13/67/59. Numéro de cellule : 3042. Bâtiment A. Cette fille à peine plus âgée que lui. Les yeux aigus. Il est soulagé de ne pas la connaître, il n'assume pas d'être face à celle qui a certainement été une meilleure élève que lui, qui a réussi un concours, peut-être plusieurs, qui travaille, qui a sa tenue de travail, qui touche un salaire tous les mois, des Tickets Restaurant, qui parvient à faire un virement mensuel sur son livret d'épargne populaire, qui projette depuis qu'elle a une situation de s'installer, pourquoi pas de se marier dans deux ans, qui vérifie que tout se passe bien, qui contrôle, qui ne lui fait aucun reproche, mais qui ne voudrait pas être à sa place. Il la regarde à la dérobée. La queue de cheval et une mèche échappée sur sa joue, elle lui dit c'est bon avancez, et lui en face, qui a fait une connerie parce que, s'il se retrouve là, il ne faut pas se mentir, ce n'est pas un ange, elle le sait, il s'est fait prendre, il dira qu'il s'en bat les couilles, il ne dira pas la honte, mais dans le fond c'est un peu ça, un sentiment entre la gêne qui n'est pas assez fort et la honte qui l'est trop, il sent qu'on le juge, que peut-être, désormais, on le jugera toujours, qu'il y a elle et lui, ceux qui contrôlent et ceux qui sont contrôlés. La rencontre est impossible. Il pense aussi à ses parents, à sa mère surtout, très loin d'imaginer ce qu'il découvre, le nouvel air qu'il respire, la chaîne de baptême offerte par sa marraine Suzy dont on le prive, loin d'imaginer le strict nécessaire qu'on lui donne quand il entre, un savon qu'elle n'aurait jamais choisi, sans parfum, sans marque, tout blanc, un savon même pas liquide, même pas du Tahiti Douche, son fils avec ce nécessaire minable, il découvre ce qu'ils ignorent, prend de l'avance sur eux en cet instant où sa vie se remplit de connaissances qu'ils n'ont pas, qu'ils n'auront jamais. Il s'éloigne, la détention l'affranchit de l'influence de ses parents, il devient désormais un être singulier dans sa propre famille, les années passées auprès des siens ne l'auront pas autant transformé, c'est curieux parce qu'il a aussi l'impression d'avoir besoin d'eux, de leurs visites, de leurs nouvelles. Dépendant d'eux, mais affranchi. D'ailleurs, en garde à vue, on n'a pas appelé ses parents comme ça avait été le cas quand il avait dix-sept ans.

– À l'époque avec Jef, on avait tenté d'ouvrir une BMW blanche, magnifique, rutilante, garée en épis entre deux bagnoles minables à côté, les passants se penchaient pour voir à l'intérieur, nous on l'avait repérée, on attendait la fin de la journée pour qu'il y ait moins de monde, à bien y réfléchir, ce n'était pas normal qu'elle soit là dans cette rue où les camions poubelles ne passaient plus depuis une semaine à cause de la grève, en fait, c'était un appât pour des trafiquants recherchés par les flics et comme des cons, c'est nous qu'on tombe dedans, on fait capoter leur plan, alarme, interpellation, garde à vue. La toute première. On nie alors qu'on a été pris en flagrant délit. La gifle du flic que je reçois, si forte que je tombe de la chaise en fer, je la sens encore, ça sifflait dans l'oreille, ça chauffait, mon père vient me chercher, il se tait, il conduit jusqu'où travaille mon oncle qui était recruteur dans l'armée, où on va ? On va pas à la maison ? Pas de réponse. C'est terrible. On arrive. Reste là, il me dit. J'attends dans la voiture un temps interminable. Il revient. Tu vas partir à l'armée, tu verras ce que c'est de vivre. Pas un mot de plus. Sur le chemin du retour, le silence et moi dans ma tête, je pars à l'armée, je pars à l'armée, mais où ? Avec qui ? Jusqu'à quand ? Un mois plus tard, deux jours après mes dix-huit ans, je suis appelé à Rivesaltes, au 3e RIMa, au bout de quinze jours, je m'embrouille avec le caporal-chef parce que j'ai découché, le ton monte, les insultes, je le pousse contre le mur, je passe en commission disciplinaire et on me place aux arrêts dans un local sans chauffage, au gnouf ils m'ont mis, ma première détention, mais rien à voir avec la prison, le médecin passe, je m'entretiens tous les jours avec un militaire de ma formation, je peux communiquer par écrit avec qui je veux, ça va. J'étais un petit con aussi, après j'ai compris, j'ai appris à plier, classer, ranger, une place pour chaque chose, chaque chose à sa place, j'obéis, on me le rend bien, je monte en grade, je deviens à mon tour caporal-chef, je passe tous les diplômes, je réussis, j'ai l'opportunité d'être affecté en outre-mer et je pars à Tahiti. Ça me plaît, je veux continuer à gravir les échelons, je demande à être para, partir au combat, faire la guerre, tuer, avoir des armes à la ceinture, la tenue de camouflage, me lancer par la porte de l'avion et voler dans le ciel, j'obtiens ma nouvelle affectation dans les paras, je suis fier, mais au dernier moment ça change, je reçois un coup de fil de l'État-major et on m'envoie à Lalandouais (la Lande d'Ouée), près de Rennes parce qu'ils avaient besoin de maîtres-chiens et comme j'avais aussi ce diplôme j'étais obligé d'y aller. Ça, c'est des tournants dans la vie, des tournants de merde, mais c'est des tournants. Lalandouais pendant deux ans. Lalandouais putain, la pluie, même mon chien il voulait pas sortir, moi j'aurais voulu retourner à Tahiti, j'étais bien là-bas, je manquais de rien, tu es payé, logé, nourri, tu dépenses presque rien, et les femmes aussi, putain les plus belles femmes, on s'en donnait à cœur joie, ça y allait, mais Lalandouais, c'était terrible, je n'ai plus fait de vœux, j'ai quitté l'armée au lieu d'attendre et de tenter ma chance à nouveau pour l'outre-mer. Quand je suis sorti de la caserne, j'ai voulu voler le chien avec lequel je travaillais, c'était mon chien quoi, je passe au chenil il n'y est pas, je vais au poste de sécurité il n'y est pas non plus, il était à l'armurerie et là c'est impossible car il aurait fallu entrer, tout est éclairé, j'avais deux chances sur trois de le récupérer et ça s'est pas fait, c'est aussi un signe. Encore raté. J'ai donc quitté l'armée sans mon chien et ensuite je me suis mis avec Nath. C'était une connerie, j'étais jeune, je me souviens d'un vieux qui m'avait dit dans l'armée tu ne prends pas de femme, tu attends la retraite, trente-deux ans, t'es encore à la fleur de l'âge, mais pas avant, parce que dès qu'il y a une femme, c'est la fin de tout, et il avait raison putain, ça m'a achevé, fin de contrat, je suis rentré à Marseille, Saint-Louis, mon quartier, et là ça a vraiment commencé, tant que j'étais à l'armée j'étais bien, après j'étais perdu. C'est un cocon l'armée, mais il ne faut surtout pas en sortir. Six mois plus tard, à vingt-trois ans, je rentre en taule.

Là, en 1988, pour ce qu'il nomme son premier séjour, ça se passe différemment. On ne dit plus à son père, venez le chercher. Étant majeur, il est déféré devant un juge d'instruction qui lui demande, avant de signer son mandat de dépôt, s'il souhaite qu'on prévienne quelqu'un, à quel numéro, appelez mon père au 91 44 93 11, Édouard sait qu'il va aller en prison. Il ne pense pas *incarcéré*, *détenu*. Il pense *aller en prison*. Comment ont-ils réagi au coup de fil ? Qui a répondu ? Son père ? Sa mère ? Qu'est-ce qu'ils ont fait ? Ils se sont peut-être disputés, se rejetant la faute. Que pensent-ils de lui ? Sa mère veut savoir, ne comprend certainement pas comment il en est arrivé là. Son père et sa colère. Il faudra leur avouer droit dans les yeux. Ils voudront avoir des explications. Il les leur doit, mais comment leur dire ? Leur dire tout ? Ils pourront se procurer le dossier, ils sauront sans qu'il ait à parler, mais ils attendront beaucoup, ils voudront que ce soit lui. Lui qui dise ce qui est écrit noir sur blanc. Il faudra en passer par là. Les affronter. Son père en face. Il sait à l'avance les mots qu'il prononcera. Il lui rappellera tout ce qu'il est, tout ce qu'il fait et que lui n'est même pas foutu de faire, il dira à coup sûr qu'il a toujours eu les mains propres, que la famille c'est comme ça, on n'est pas n'importe qui, on n'est pas des chiens, l'éducation il l'a reçue et pour en faire quoi ? Il faudra s'expliquer, s'excuser, mais il ne saura pas comment s'y prendre vu qu'il ne s'est jamais senti obligé de le faire jusqu'alors, son père creusera l'écart qui les séparera désormais, prendra ses distances avec ce qui aurait dû les unir, il lui fera sentir la différence qui les oppose. Il sera déçu, écœuré, il aurait voulu lui envoyer une paire de baffes tout grand con qu'il est, un aller-retour à lui faire claquer les dents et descendre les chaussettes. Il ne le fera pas, ne pourra pas et ce sera pire que s'il l'avait fait. Comment dormir ? Le bruit ce n'est rien. Ni l'odeur. Ce qui le tient en éveil est tout ce qu'il échafaude quant à ce qui l'attend, que va-t-il se passer maintenant qu'il est là ? Quelle sera la suite ? Il aura beau imaginer, envisager différents scénarios, plus précis les uns que les autres, il restera toujours en deçà de la réalité. Il se trompera toujours.

C'est pour cette raison que plus de vingt ans après, sortir lui fait peur. Que va-t-il encore se passer qu'il n'a pas prévu ? Que va-t-il découvrir qu'on lui a caché jusqu'alors ? Cinq ans, ce n'est pas rien il s'en passe des choses. Les personnes ne sont plus les mêmes. On réfléchit différemment. Comme s'il dressait un bilan, il repense à la première fois parce que c'est la plus précise, c'est le début de tout, première entrée, première nuit, première douche, premier parloir, premier sac, premier courrier, celles qui ont suivi se superposent, elles se situent dans une sorte de ventre mou qui remue différemment, une sorte de routine, les détails pourraient être interchangeables alors que la première fois tout se détache et si ce soir-là elle lui revient avec autant d'insistance, c'est qu'il estime qu'elle s'est trop bien passée pour empêcher les autres. La prison, la sanction suprême qu'elle était censée représenter n'était pas si dissuasive finalement et à l'époque, dans son esprit de jeune homme, ça valait vraiment le coup de tenter à nouveau sa chance pour devenir quelqu'un quitte à échouer, qu'avait-il tant à perdre ? Rien ne le tenait dehors, aucune perspective prometteuse, alors perdu pour perdu, autant se risquer à forcer le destin et si la prison devait lui barrer la route, qu'elle vienne, il l'affronterait comme la première fois. Désormais, il veut se souvenir pour se convaincre que c'est bien terminé, il fait le pari fou qu'il suffit de tout revivre pour ne plus jamais y penser, un peu comme s'il tenait à se laver de ces années, devenir vraiment quelqu'un d'autre, chasser cette partie de lui qu'il traîne à ses basques, mais malgré les efforts, il n'est pas dupe, il restera toujours celui qu'il cherche à faire disparaître, on ne sépare pas, on ne choisit pas.

Donc la première fois, à vingt-trois ans, il découvre. Il ne s'est pas changé depuis la veille. Il a eu très chaud toute la journée, particulièrement cette nuit avec tous les arrivants, entassés dans la même pièce. Après la fouille on lui a proposé de prendre une douche, mais il est obligé de remettre les mêmes habits dont la forte odeur de transpiration l'embarrasse. La nuit d'insomnie achevée, on fait l'appel. On l'accompagne en cellule. Ça dure. Il n'est pas le seul, il ne parle pas, il entend les autres faire connaissance.

– Là-bas on entre toujours en contact avec la même phrase, une phrase qui te semble intrusive, mais qui ne l'est pas une fois les portes refermées : tu es là pour quoi ? Voiture, et toi ? Stup. Ou autre.

Lui ne dit rien, il entend encore la voix qui vient de loin et enveloppe l'espace, les cris, les rires, le cliquetis des clés, les chants, du moins une phrase chantée qui se détache, *Quoi ma gueule ? Qu'est-ce qu'elle a ma gueule ?* Il ouvre grand les yeux dans les couloirs, il franchit des portes, huit au total, il entend le son métallique et sec du double verrouillement – c'est à ce moment-là le mot qui lui semble le plus juste –, double verrouillement, clac clac, en quasi-synchronie, un léger décalage dans la décharge, moins d'une seconde, amplifiant le bruit, le rendant plus métallique encore, plus carcéral. Il ne peut y avoir qu'une porte ouverte à la fois. Pour qu'une porte s'ouvre, il faut qu'une autre soit fermée. Ceux qu'il suit sont pour lui les gardiens, ce mot lui échappe, il n'en connaît pas d'autres pour les désigner, il ne connaît pas encore le terme de maton, surveillant ne lui vient pas, on le reprendra d'emblée, surveillant pas gardien respecte-nous, on ne garde pas les chèvres.

– Maintenant il ne me viendrait jamais à l'esprit de dire gardien.

Il remarque aussi que leur tenue est la même que celle portée par la jeune fille de son âge au greffe : uniforme bleu marine et sur le pull un liseré bleu ciel où il parvient à lire l'inscription *administration pénitentiaire.* Il découvre à cette occasion le mot pénitentiaire, qu'il n'a jamais écrit dans aucun cahier et qu'il n'aurait surtout pas orthographié ainsi.

3042. C'est ici. On ouvre. Il entre. On referme. Enfin il sait. Il ne bouge pas. Il reste debout à l'entrée. Une chaise. Lavabo. Chiotte. Ce n'est pas la même odeur que dans le couloir. Ça sent bon, désodorisant, vanille peut-être, c'est propre. Trois lits l'un sur l'autre. Il se mettra où ils veulent, c'est normal, il arrive, ce n'est pas à lui de décider. Les deux premiers étages sont pris, à coup sûr il ira tout en haut, sous le plafond, à moins que celui qui est au deuxième préfère n'avoir personne au-dessus. Ils se mettront d'accord. Des affiches sur le mur. S'il y a des affiches ça veut dire que les autres sont là depuis longtemps, on ne met pas des affiches, des photos sur les murs si on ne reste pas, il doit y avoir au moins un an qu'ils sont là. La Cicciolina monte les marches au Festival de Cannes, elle porte une robe fendue laissant voir ses seins, son ventre et même plus, elle sourit, elle a calé deux oursons roses en peluche au creux de son épaule droite, elle regarde l'objectif, quelqu'un a écrit au feutre noir sur l'image *Je vote pour toi* – bien après, une fois libéré, il ira voir sa notice sur internet et d'elle, aujourd'hui, il retient qu'elle a joué dans *Banane al cioccolato* et qu'elle s'est déclarée prête à faire l'amour avec Saddam Hussein pour rétablir la paix au Moyen-Orient –, scotchés tout à côté de la star, le lac de Serre-Ponçon, ciel bleu outremer, eau turquoise, les arbres au premier plan, la tour Eiffel, des enfants en bas âge, un adolescent en judogi, médaille d'or autour du cou, sourire éclatant, un berger allemand, gueule ouverte, langue pendante et Karl-Heinz Förster, oui, ce sont des gens installés, ils font tout pour se sentir un peu chez eux, cette inspection des lieux le renvoie à sa propre peine.

– Je ne le sais pas encore, mais au moment où j'entre, les autres sont en promenade, c'est toujours comme ça que ça se passe, les arrivants pénètrent dans la cellule pendant que ceux qui l'occupent sont en promenade du matin.

Il attend qu'ils reviennent. Il se convainc qu'il n'a pas peur. Il a fait l'armée pendant deux ans en outre-mer, il a déjà vécu en collectivité, les dortoirs il connaît, mais il n'est pas tranquille pour autant.

– Eux, ce n'est pas le problème, le problème c'est eux ici. Comment on est ici ? Comment vit-on ? Ils le savent, moi, j'ignore tout. Quelles têtes ils vont faire ? Ils ne se doutent pas que j'arrive, ils vont me voir, ils voudront savoir pourquoi je suis là. Je répondrai. Peut-être ils diront rien, n'auront pas envie de me parler, mais ils peuvent pas m'ignorer, je serai au milieu, impossible de m'éviter, c'est ça qui pourrait les emmerder, les rendre agressifs.

Il se demande combien ça durera avec toutes ces affiches, ces photos, lui ne veut pas coller quoi que ce soit sur les murs en partage avec des hommes qu'il ne connaît pas, tout montrer, il n'est pas comme ça.

– En fait quand tu pars en promenade, ou au parloir, quand tu quittes ta cellule, tu ne sais jamais comment tu vas la retrouver, lit retourné après une fouille, habits par terre, et parfois tu es en face d'un nouveau, assis sur ton lit en train de cloper, ou debout qui ne sait pas où se mettre, comme moi la première fois. Dans leur cellule, tu prends de la place, leur en laisses moins puisqu'un mec de plus occupe l'espace.

Des clés fouillent nerveusement la serrure, il sursaute, la porte s'ouvre. Ce ne sont pas eux, mais un homme brun, grand, short et claquettes sur chaussettes de tennis, il vient vers lui comme s'il le connaissait et lui tend un sac cabas.

– J'appelle ça les sacs Tati, le genre de sacs que tu vois soit quand les Arabes rentrent au bled ou qu'ils reviennent, soit quand on vient t'apporter le linge propre au parloir, j'en ai jamais vu ailleurs, aujourd'hui ils me sortent par les yeux, qu'ils soient à carreaux bleus et blancs ou rouges et blancs, je ne peux plus, les pires ce sont les marron et blancs, ceux-là je les ai trop vus, c'est à gerber.

Indirectement, sa sœur va jouer un rôle important durant sa première captivité. À l'époque, il l'ignore, mais elle fréquente Jo, un grand voyou. Sans qu'elle ait rien demandé, Jo lui donne les coordonnées de son avocat, ce qui facilitera bien des choses. Quand il a su pour Édouard, il a aussitôt contacté ses connaissances en prison. Comment a-t-il fait ? Si on lui pose la question, il répondra qu'il s'est arrangé, c'est tout.

L'inconnu lui tend donc un sac rempli d'habits et de biscuits, chocolats, cigarettes, tiens, c'est de la part de Jo. Reste discret. Si tu as un problème, je suis au

Jo ? Qui est Jo ? Surpris, Édouard ne retient pas le numéro du bâtiment ni celui de la cellule, pas le temps de faire répéter, le surveillant presse l'autre de sortir, ça va chef, y'a pas l'feu au lac, et il referme la porte à double tour avec le même bruit de ferraille grippée. Édouard sursaute à nouveau.

Avant qu'ils n'arrivent, le volume sonore augmente, se rapproche. C'est ainsi. On entend toujours les détenus avant que de les voir. Une seule voix grave et diffuse, sans modulation ni inflexion. Massive. Les rares variations se limitent à quelques éclats de cris ou de rires, le volume garde le même niveau élevé, une seule voix, une seule, comme si, trop longtemps retenue, elle s'échappait en désordre, montait en puissance, envahissait le lieu par son intensité nécessaire, une opportunité de salut par laquelle les hommes deviennent un groupe. Elle atteint son point d'acmé quand, sur un même bâtiment, de fenêtre en fenêtre, elle circule cahin-caha sur une ligne continue. La voix s'infiltre dans les murs, en jaillit, emplissant d'impatience et d'inquiétude l'extérieur carcéral. On entend les appels aux barreaux, les impérieuses confessions, on les écoute, on les dérobe, ils perdent toute confidentialité, tant pis, l'urgence de dire passe outre, fait fi de toute intrusion indiscrète, de toute violation facile.

– Désormais, c'est exactement comme ça que je pourrai parler des voix de la prison, j'ai appris à en parler ainsi, c'est pas encore parfait, mais je parle beaucoup mieux que quand je suis entré. Je me disais que c'était d'ailleurs une différence que ne manquerait pas de remarquer mon père, mais comment tu parles toi ? Tu nous prends de haut, on dirait que tu sors d'une école d'ingénieurs. J'aurais tellement souhaité qu'il me le dise, qu'il le reconnaisse. Lui expliquer que j'avais changé, que ça m'avait servi à ça la prison, apprendre, même si ça a été dur pour vous, au moins vous avez un fils qui vous revient plus instruit, ce que l'école n'aura pas réussi à faire, la prison y sera parvenue, est-ce que ça aurait apaisé pour autant le mal et sa honte ? Je ne pense pas. C'est vrai, maintenant j'aime employer certains mots, certaines tournures qu'on n'emploie pas tous les jours. Oui je parle mieux, mais ça ne suffit pas, je suis pas encore au niveau que je voudrais atteindre.

Dans la cellule des autres, la première fois, il perçoit à nouveau l'agitation de la clé. Ils sont là. Il est cueilli. Il connaît celui qui entre le premier. C'est Marcel, un homme de son quartier beaucoup plus âgé que lui. On le rencontre toujours à la boulangerie, chez Annie, au pied des immeubles, en face du bâtiment 10 et juste à côté de l'alimentation. Il n'achète pas de pain ni de viennoiseries, il est là, debout contre le congélateur à droite de l'entrée ou assis sur la seule chaise. Il regarde Annie envelopper les baguettes et les croissants, servir les gâteaux qui s'imprègnent de son parfum tant les doses qu'elle se vaporise sont généreuses. Marcel est comme chez lui, il salue les clients et on le salue. Son chien, attaché à la clôture qui jouxte la boutique, est couché devant l'entrée, il faut parfois l'enjamber pour y accéder. Si on voit le chien, on est sûr que le maître sera auprès de la boulangère. Mais depuis près d'un an, on ne le voyait plus. Annie n'avait aucune nouvelle, Mme Mekhloufi, de la tour 2, disait qu'il avait changé de vie, d'autres qu'il était parti à l'étranger, d'autres qu'il était mort.

Édouard l'avait oublié. Il est désormais devant lui. Ils se reconnaissent, Marcel s'étonne de sa présence en prison. Dans sa cellule. Cela lui semble insensé, lui ici ? Lui qui ne fait pas de bruit ? Lui dont les parents sont connus et respectés dans le quartier, depuis toujours, mais qu'est-ce que tu fais là ? C'est une erreur, ce n'est pas toi, impossible. Le voir rassure Édouard, le rencontrer dans ce lieu rend son arrivée moins brutale

– Ce n'est pas exactement ça, car la première fois la brutalité reste tenace, mais à l'idée de partager la cellule avec Marcel, je la ressens peut-être moins, peut-être autrement, tu sais que tu passeras pas la nuit avec des inconnus, que tu pourras discuter, écouter les conseils. Mais t'es quand même gêné parce que désormais quelqu'un que tu connais sait que tu es incarcéré alors que durant la nuit précédente chez les arrivants, j'avais aussi réfléchi à ça et décidé que personne, mis à part mes proches, ne serait informé de ma situation.

Édouard ne sait pas pourquoi, mais sa présence en prison en a surpris plus d'un. Comme s'il n'avait rien à y faire, qu'il ne correspondait pas au profil type. On disait qu'il était différent, qu'il ressortait au milieu de tous, lui ne voyait pas pourquoi, son casier était rempli, souvent plus que ceux qui le trouvaient si exceptionnel et quand il leur demandait de se justifier, ils n'y parvenaient pas, ça se voit, c'est tout, ils répétaient, ça se voit que t'es quelqu'un de bien, de réglo, le bon Dieu sans confession on te donnerait.

– Mon père n'était pas de cet avis. Pour lui, j'étais comme les autres, tous des perdus vous êtes. Avec du recul, je ne suis pas sûr qu'il le pensait vraiment, il accusait le coup, il l'affirmait et continuait à vivre, il fallait bien. Il cherchait à se convaincre qu'il n'y était pour rien, c'était peut-être sa façon à lui de s'autoriser à garder la tête haute. Ce n'est peut-être pas exact, mais c'est toujours à cette conclusion que j'aboutis après y avoir longuement réfléchi, on n'en a jamais parlé ensemble, ça aurait été bien, avant qu'il soit trop tard, de mettre les choses au clair une bonne fois pour toutes. Il voyait donc pas, ou refusait de voir, ce qui me distinguait des autres, et c'est ça qui lui faisait mal surtout, il aurait bien aimé avoir la faiblesse ou la facilité de porter sur moi le même regard que ceux qui s'étonnaient de ma présence entre ces murs, ça l'aurait aidé à accepter, mais impossible, pour lui si j'étais là, je l'avais mérité, j'avais pas respecté le lien qui aurait dû nous lier, j'avais trahi et pour réparer cela, je pouvais me lever de bonne heure.

L'autre détenu qui emboîte le pas à Marcel, en entrant dans la cellule, est Chéri-Bibi. Édouard ne peut s'empêcher d'y penser. Il lui ressemble comme deux gouttes d'eau, même corpulence massive, même voix gutturale, même rire sardonique. S'il n'était pas mort, ce serait lui, il l'aurait juré. Hervé Sand alias Chéri-Bibi, le héros du feuilleton télévisé qu'il regarde le samedi après-midi, assis sur le canapé en faux cuir vert bouteille, entre les soupirs de son père et les yeux étincelants de sa mère.

Père : C'est vraiment n'importe quoi.

Mère : Mais tais-toi, laisse-nous écouter.

Père : Que des conneries à la télé, je te jure.

Mère : Mais chut, va faire ailleurs, tu n'es pas obligé de regarder.

Oui, ils aimaient ce feuilleton, *Fatalitas, fatalitas*, c'est ainsi que Chéri-Bibi finissait la plupart de ses phrases et, par ce seul mot redoublé, se justifiait. Eux-mêmes le prononçaient quand ils étaient à court d'explications et sa mère, parce que Édouard le répétait plus que de raison – pour une mauvaise note, un verre cassé, un pet échappé –, avait fini par le surnommer *Fatalitas*.

Père : Je t'en foutrais moi des *fatalitas*.

Ils ne rataient aucun épisode. Avec son frère ils rejouaient les scènes dans la chambre qu'ils partageaient, ils se battaient, reprenaient les dialogues, Édouard était toujours Chéri-Bibi, l'ancien bagnard, son frère incarnait celui qui, dans la distribution, n'avait pas de nom, seulement désigné par la mention *le kanak*, incarné par cet immense et étrange acteur chauve, Daniel Emilfork, que l'accent moldo-valaque, le phrasé lent et détaché, rendaient inquiétant. Pour parfaire son rôle le frère dérobait à leur mère une paire de collants qu'il enfilait sur la tête, c'est lui tu trouves pas ?

– C'est drôle, j'ai l'impression que ma vie était inscrite dans ces dialogues, je les ai encore en tête, *Je suis un honnête homme, ou je l'ai été, ou j'aurais pu l'être. Fatalitas, fatalitas. La fatalité. Voilà ma seule ennemie*. Combien de fois la musique du générique m'est revenue lors de mes incarcérations, le soir ou la journée quand tu n'entrevois aucun avenir, que t'as pas envie de descendre avec les autres en promenade, que t'imagines même pas quand tu sortiras, une musique lancinante de Francis Lemarque avec ces bagnards qui, dans un plan sombre, tournaient en rond sur le pont du bateau qui les conduisait à Cayenne, on avait l'impression que c'étaient eux qui, comment on dit ? Y'a un mot. Pas murmurer. Psalmodier ? C'est ça, psalmodier, Hmm hmm hmm hmm hmmmmm, on entendait et puis – c'était mal fait quand j'y repense – tout s'illuminait, une clairière verte avec une gonzesse blonde, robe blanche, qui marchait en écartant les bras, sautillant et tournant sur elle-même – très cucul vraiment –, la voix cristalline de, attends, Marianne Mille – en plein dans le mille Marianne –, elle chantait comme une crécelle des paroles à la mords-moi-le-nœud, *Viens sur ma planète/Viens sur mon nuage/Viens au cœur de mon étoile*, mais quand tu es incarcéré pour la énième fois et que tu entends dans ton casque *Les murs des prisons/Un jour tomberont/Et les portes s'ouvriront*, forcément c'est pour toi, tu chiales comme un con, tu gamberges, tu voudrais sortir et il est des jours où tu te la mets en boucle cette putain de musique de merde, qu'elle te reste, qu'elle t'arrache des larmes, que tu sentes que tu pleures encore, qu'il te reste au moins ça, *Puisque le destin/Nous a séparés/Qu'il a coupé nos chemins/Viens, viens te reposer/Viens me retrouver*, que te sentir pleurer c'est te sentir exister. Des conneries je te jure, mais ça te fait putain de bien de les entendre.

Mais pourquoi tout lui revient par vagues ce matin de 2006 alors qu'il est sur le point de sortir ? En particulier sa première fois si présente encore. C'est loin tout ça, il était jeune, il n'avait encore aucune expérience, rien à voir avec celui qu'il est devenu et qui s'est lié à la prison, parce que, inutile de le nier, elle a infléchi sa façon de penser, d'accepter les années vécues sans lui, les années de vie banale, quotidienne dont il a été privé, quinze années au total, ça construit un homme, ou ça le détruit, ça dépend, lui ne se sent pas détruit. Peut-être faut-il attendre de sortir pour vraiment savoir, peut-être sera-t-il surpris à nouveau, brisé, et avec lui ceux qui attendent son retour. Cette idée le travaille alors qu'il entend le cliquetis des clés s'approcher, ralentir, s'immobiliser et s'éloigner : ce n'est pas encore l'heure. Jamais il n'a ressenti une telle appréhension à l'approche d'une libération, certes parce qu'il veut que ce soit la dernière, mais aussi à cause de son père, il n'est pas très en forme, il est fatigué dit sa mère dans ses lettres, il sait que ces formules atténuent la réalité, elles le préviennent comme elles l'épargnent, il la connaît, elle ne veut surtout pas inquiéter son fils, qu'est-ce qui se passe vraiment ? il n'en sait rien, il craint de ne pas le reconnaître, de ne plus le retrouver comme il était, c'est sûr il aura changé, son visage, ses cheveux, son corps, selon sa mère il a un peu perdu, là encore, un peu ça veut dire quoi ? Jusqu'où s'est-il transformé, jusqu'où son vieillissement, son amaigrissement, jusqu'où Édouard en serait-il responsable ?

À nouveau le bruit des clés dans la serrure. Il l'entend désormais avant même qu'elles ne soient introduites, leur bruissement n'annonce pas sa libération promise, il le sait, ça n'y ressemble pas, la vitesse avec laquelle le pêne se dégage lui semble beaucoup moins rapide que celle qui ouvre sur une levée d'écrou et en effet, c'est pour la promenade que Carolina Klüft vient ouvrir la porte, une femme de trente, trente-cinq ans à peine, blonde aux yeux bleus, le teint clair, la même façon de se coiffer que l'heptathlète suédoise avec de fines tresses sur le sommet du crâne attachées par de minuscules pinces, donc forcément on la surnomme ainsi, bonjour messieurs, promenade. Cela permettra à Édouard de revoir Raymond-le-Scieur et de lui dire sa façon de penser, parce que entre ce qu'il lui a raconté et ce qu'il a lu dans les journaux, il y a un sacré décalage, il vient d'être condamné aux assises à quinze ans de réclusion criminelle, il attend son transfert en centrale. Édouard aime les histoires, les rencontres, il aime entendre ce que d'autres ont vécu quand ils étaient libres, juste avant d'arriver dans ce lieu qui fatalement les relie.

– Quand je suis rentré, ça faisait déjà deux ans qu'il était en instruction, donc il s'est écoulé encore deux ans avant qu'il passe en procès, il était un étage en dessous, il descendait avant moi, tout seul, un papi perdu, bien habillé enfin comme s'habillent les vieux avec le petit gilet, l'âge de mon père, il attendait que je sois là et dès qu'il me voyait, des grands gestes, oh putain Édouard, viens, et je marchais avec lui, il me racontait tout, chaque fois que je te vois, tu es mon soleil, il disait, personne lui parlait, même pas Richard, qu'est-ce que tu lui parles à cet enculé ? je m'en fous, ça passe le temps, on discute, Raymond me raconte son affaire, il raconte bien, il met du suspense et comme dans les séries il s'interrompt juste quand on doit remonter, toi tu attends la suite, j'ai compris en fait qu'il faisait durer parce qu'il voulait pas que je le lâche. Si tu veux, Raymond c'était un chef d'entreprise, plein aux as, je sais plus ce qu'il a inventé, enfin bref, il se gave, il change de métier, et parce qu'il a gagné beaucoup, ça lui fait connaître des gens importants, il constitue une sorte de réseau, il rassemble tous ceux qu'ont un peu d'argent au black, qui ont travaillé dans leur vie, et qui veulent le mettre sur des comptes en Suisse, il achète un minibus, une vingtaine de personnes lui filent les mallettes d'espèces et il les place en Suisse dans les banques avec qui il était en contact, évidemment il prend un pourcentage sur les transactions, comme il a de plus en plus de demandes, il embauche une secrétaire, jeune, déclarée parce qu'il a une société déclarée, puis il embauche encore deux trois collaborateurs, il monte un bureau à Toulon, la petite : une bombe atomique, enfin d'après ce qu'il m'a dit, en fait elle était beaucoup plus jeune que lui, lui marié et des enfants, évidemment, il se met à marcher avec la secrétaire qui lui faisait du gringue, il délaisse de plus en plus sa femme et bon, il se fait attraper et il divorce, ses enfants lui en veulent à mort, il prend une belle villa du côté du Cap Brun, il s'installe avec la secrétaire et au bout d'un moment il a un doute sur un de ses collaborateurs, un jour il en parle avec elle, il lui dit bon dis-le-moi si tu as une aventure, c'est pas grave, on va pas tout foutre en l'air, j'ai quitté ma femme, et elle, oui, oui, bon ça va, j'ai eu une relation avec lui, c'est fini, mais depuis il me harcèle, il me court après, c'est pas grave, lui dit Raymond, invite-le à l'apéritif, on va discuter, on va lui expliquer que tu as fait une erreur, on est ensemble, on est bien installés, d'accord, d'accord je lui dirai. À sept heures on sonne, le mec entre dans le jardin, reste là, je vais ouvrir, il prend le fusil de chasse, l'autre passe la porte, il le fume, évidemment quand elle le voit, aaah appelle la police, parce que c'était une horreur paraît-il, non, non, on appelle rien du tout, attends, il le tire, il le met dans le garage, attends laisse-moi réfléchir, on va voir ce qu'on peut faire, il réfléchit un jour, deux jours, trois jours, bon ne dis rien laisse-moi faire, je vais pas travailler aujourd'hui, tu dis que je suis malade, il va à Leroy Merlin, il achète deux planches, il met le mec au milieu, il fait un sandwich, il sangle tout, il le laisse dans son garage, il achète aussi une grosse disqueuse et après il coupe des morceaux, cinq ou six morceaux, de là Raymond-le-Scieur, il me dit oui, dans les films quand tu coupes un mec, le sang gicle partout, mais c'est pas vrai, logiquement au bout de trois jours le sang, il est plus liquide, il achète de gros bacs à fleurs, il a coupé pour que ça rentre pile, et il coule du béton dessus, il en fait cinq ou six comme ça, il laisse prendre, bon maintenant il faut aller jeter ces bacs, bien sûr le mec, il est porté disparu, Raymond se décide à prendre les blocs, il les charge avec une chèvre ou une girafe – on s'en sert en principe pour enlever les moteurs des voitures –, il met les bacs dans le coffre, il roule, il roule, il en jette un vers le col de la Garde, un autre vers le mont Caume, un autre dans le massif du Cap-Sicié, il en jette un je sais pas où, chaque fois il les jette sur le bord de la route, et le dernier, il a la flemme, il le garde chez lui, bon il y a enquête, il est convoqué, les condés : y'en a qui disent qu'il devait passer chez vous, lui : écoutez je sais pas, je ne l'ai pas vu, c'est mon collaborateur, on a bu l'apéritif ensemble y'a quelques jours, mais depuis pas de nouvelles, elle, elle tient bon, il lui avait dit si tu parles t'es dedans avec moi donc ferme-la, elle a peur la petite, elle continue son travail, lui aussi, ça dure plus d'un an, les condés comprennent pas, ils cherchent, cherchent, cherchent, et un jour y'a un promeneur du côté du col de la Garde qui voit ce bloc de béton là, mais avec un bout de tissu qui dépasse, le mec il appelle les flics, les flics ils cassent, ils cassent, et ils voient des restes humains dedans, donc y'a l'analyse et tout, y'avait pas l'ADN à l'époque, mais ce con il l'a coupé comme il était, avec les habits, tout, ils se mettent à rechercher de partout au bord des routes des morceaux et ils en retrouvent encore un ou deux, évidemment ils tombent sur un où y'a des papiers, donc il est identifié, oh putain, ils retournent chercher Raymond, perquisition du domicile et qu'est-ce qu'ils trouvent ? le bac qu'il n'a pas jeté, le dernier et dans celui-là il y avait le téléphone, ils cassent le morceau et évidemment, tous les deux en garde à vue, l'autre elle le balance direct, il était jaloux, il l'a fait venir, il a tiré, elle le balance et il se retrouve en prison et là, plus d'amante, plus de femme, ses enfants lui parlent plus, c'est une merde totale, alors quand il voit quelqu'un qui lui parle, il ne le lâche pas, il avait aussi de l'argent caché chez lui que les flics n'avaient pas trouvé, la maison est saisie, y'a les scellés et il fait confiance à un mec qu'il connaît à peine, là c'est un benêt, Raymond, ça se voit qu'il n'a jamais été en prison avant, il demande au type s'il peut aller chez lui, putain j'ai de l'argent caché chez moi, sous la soupente, j'en ai besoin, j'ai pas un franc, l'autre : ouais, bon ça va, je vais me débrouiller avec mon fils, évidemment ils ne trouvent pas, y'a rien, c'est tout cassé en haut, il lui dit, les condés ont dû découvrir le fric, en vérité, le mec, il a tout trouvé, y'avait vingt bâtons, un truc comme ça, il a tout pris. Raymond-le-Scieur. Son histoire c'est un film, on peut faire un film.

Quand il le retrouve dans la cour de promenade, le jour où il doit sortir, Édouard est lapidaire. Le collaborateur n'était pas l'amant de sa femme, mais la jalousie de Raymond-le-Scieur l'avait incité à le croire.

Édouard : Toi, tu m'as menti, j'ai lu le journal.

Le Scieur : Non, il faut me comprendre.

Édouard : Comprendre quoi ?

Le Scieur : Je n'arrive plus à faire confiance après ce qu'il m'est arrivé, on m'a trahi avec tout cet argent qu'on m'a volé.

Édouard : Ça se fait pas, c'est tout, c'est pas honnête, tu étais content d'avoir quelqu'un à qui tout raconter, pourquoi t'inventes ? Pourquoi tu dis pas que cette petite t'est montée à la tête et que t'es devenu complètement gaga ?

En remontant en cellule, il reste silencieux, il sort dans l'après-midi, il ne verra plus Raymond, mais il ne pourra pas l'oublier, et il en sera ainsi pour tous les hommes nombreux qui ont habité ses années d'enfermement, les inconnus devenus proches, ceux qu'il a simplement croisés, ceux qui l'ont accompagné, ceux qu'il a accompagnés, ceux qui sont peut-être morts maintenant, ceux qui ne sortiront jamais, ceux qui se pendront, ceux qui ne parviendront pas à rester plus d'un an en liberté, ceux qu'il a revus dehors, qu'il reverra encore certainement et ceux qu'il ne fréquentera plus, mais qui comptent dans sa mémoire carcérale, ils ont traversé une partie importante de sa vie à laquelle il ne parvient pas à renoncer. C'est bien sûr le cas de Chéri-Bibi et Marcel, ces deux-là ne pouvaient pas mieux tomber la première fois quand il y pense. Que sont-ils devenus ?

– Ils m'ont tout expliqué et plus tard j'ai voulu rendre ce qu'on m'avait donné, j'ai voulu comme eux tendre la main à ceux qui entraient dans ce monde, c'est comme ça, impossible d'oublier toutes ces personnes, même après des années, les extractions, les changements de cellule et les libérations, c'est drôle d'en parler au pluriel, en principe on est libre une fois pour toutes ou on ne l'est pas, moi j'ai le luxe si je puis dire d'avoir connu plusieurs libertés.

Après les premiers jours, Édouard était certain que, comme Chéri-Bibi et Marcel étaient là, comme les détenus et les surveillants le savaient, il ne risquait rien. Il s'est rendu à sa première douche sans appréhension, il n'était pas spécialement pudique, ça ne le dérangeait pas de se mettre nu devant les autres, c'était presque naturel, il avait joué au foot en club, il avait fait cinq ans d'armée.

– Je n'en reviens pas, aujourd'hui, dans les prisons, on t'oblige à prendre la douche en gardant le slip ou le caleçon, tout ça parce qu'il y en a qui ne supportaient pas de voir des mecs à poil quand eux, ils gardaient les sous-vêtements. Je peux précisément dater quand tout a changé. Un matin, c'était lors de mon deuxième séjour en 1988, j'ai vu un mec lacérer le dos d'un autre avec une lame parce qu'il se douchait à poil, comme moi, comme tous les autres. Il l'avait regardé un moment, ne l'avait pas quitté des yeux, et soudain ça a été plus fort que lui, il n'a plus pu se contenir, je le vois tracer une diagonale avec sa lame sur le dos du mec, comme s'il tirait un trait au marqueur rouge, le sang tout de suite parcourt la ligne, tout de suite le cri, le hurlement, puis le bruit des clés du gardien qui se précipite, de nous qui accourent, accourons, de nous qui accourons encore tout trempés, les corps fumants, dégoulinants, nos yeux qui font les essuie-glaces entre la blessure et le sang aspiré avec l'eau dans le siphon. Six mois après, on ne pouvait plus prendre la douche à poil, et ça a été pareil ailleurs parce qu'il y avait eu des cas similaires. Maintenant, dans certaines prisons modernes, tu as des douches individuelles dans les cellules. Mais moi je n'en ai jamais connu.

Pas d'appréhension donc pour sa première douche, ni pour ses premières promenades, il est accompagné de Chéri-Bibi et de Marcel. L'homme en claquettes qui lui a fait passer le sac est là aussi, celui-ci le présente comme il se doit aux autres connaissances de Jo, elles viennent vers lui, il faut qu'on le voie avec, ils ne disent pas grand-chose, le but est juste qu'on les voie ensemble puis ils partent, les esprits sont marqués, il est protégé, il est intouchable. Plus tard, c'est Édouard qui rendra les autres intouchables.

– En revanche, au début, tu vois. Tout est secrètement exposé. On se cache, mais tu vois qu'on se cache. Tu vois ce que tu n'imagines pas. Les bagarres. À la différence de dehors, elles ne durent jamais beaucoup, on n'a pas le temps, là aussi il faut attendre, ruminer et puis trouver la brèche, porter deux trois coups qui en valent dix, forcément quand tout est compté, il faut trouver les moyens de faire mal au plus vite, faire mal avec ce qu'on a sous la main, lame, fourchette, être rapide, être plusieurs, un qui cache, l'autre qui frappe. Chéri-Bibi me dit, laisse tomber, ne regarde pas, ne te mêle pas. J'apprends vite. Je comprends.

Il voit aussi les restes des yoyos, longueurs de draps blancs déchirés dégoulinant des fenêtres le long des façades, c'est encore Chéri-Bibi qui explique. Et toujours le même volume sonore, les cris de fenêtre en fenêtre, les longs appels, il finit par ne plus les entendre, une sorte d'acclimatation quand les bruits du dedans deviennent familiers, que les odeurs ne soulèvent plus le cœur.

Mais ce qui le trouble le plus est le premier sac. Ça le prend à la gorge, il ne l'avait pas prévu et ça monte, ça monte. Il arrive très vite, peut-être le lendemain, ça veut dire que ses parents sont venus jusqu'ici et qu'ils l'ont déposé à l'entrée, qu'ils ont vu la prison pour la première fois de leur vie, qu'ils savent que leur fils s'y trouve, mais qu'ils ne peuvent pas entrer, qu'il faudra attendre avant de le voir, attendre de comprendre comment fonctionne le système des parloirs, attendre que l'avocat leur explique toute la procédure, ils sont venus, qui est venu ? Forcément son père, c'est le seul à conduire. Son père avec sa mère, le sac sur la banquette arrière. Il suppose qu'ils ont dû hésiter. Quel sac prendre ? Son sac de sport ? En acheter un exprès ? Il les imagine tous les deux silencieux avançant vers la prison sur la pointe des pieds, espérant ne croiser personne qui les connaisse, surtout qu'on ne leur parle pas, qu'ils n'aient pas à s'expliquer, à se justifier, ne pas faire partie des familles de détenus, ce n'est pas leur genre. C'est sa mère qui s'est occupée du sac, il en est sûr, qui ça peut être d'autre ? Le linge propre, c'est elle, les slips, les tee-shirts, les pulls, beaucoup trop de pulls, elle a peur qu'il attrape froid, même en été, elle ne sait pas comment ça se passe alors elle glisse des pulls, des chaussettes, deux jeans, elle a aussi préparé à manger dans des Tupperware, la tarte à la courgette, la daube aux carottes comme il aime, désolé madame, ce n'est pas possible, elle repartira avec, son mari lui avait bien dit que ça ne passerait pas, mais elle avait voulu essayer au cas où. Le premier sac pour lui dire qu'ils sont venus, ils ne sont pas contents, mais ils sont là, il reste leur fils, ça s'est certainement passé très vite, sa mère devait s'attendre à plus d'égards, à une certaine empathie de la part du personnel, mais non, rapidement dépossédés du sac l'un et l'autre, brutalement légers, merci, au revoir, au suivant, elle n'a pas eu le temps de leur répéter que c'était bien à son fils Édouard Bonnefoy qu'il fallait le donner, surtout qu'il n'y ait pas d'erreurs, ils sont repartis avec la daube et la tarte qu'ils mangeront le soir, ça laissera un sale goût dans la bouche.

Mère : Pas très bon je trouve. Je n'ai pas fait comme d'habitude, j'ai dû oublier quelque chose, non ?

Père : Non, c'est tout pareil, la même tarte, la même daube, mais j'ai pas faim.

Quand le premier sac lui est donné en cellule, il respire l'odeur de la maison, c'est propre, ça sent sa mère, l'assouplissant, le frais, il est de retour. Il sourit bêtement sans s'en apercevoir. Le linge de chez nous. Quand il a été lavé rien n'était encore arrivé, repassé plié rangé avant qu'il ne se fasse arrêter, il vide le sac comme il viderait sa vie, il s'attend à voir sa mère en sortir, ça ne le surprendrait pas, sa mère, forcément, pas son père, que ferait son père caché dans un sac, ce n'est vraiment pas le style.

Père : J'ai autre chose à foutre, moi.

Mais il faut attendre le premier parloir pour entériner la situation. La visite que rendent ceux du dehors à celui qui est désormais dedans, cette distance marquée entre eux, le premier regard porté sur le fils qui, pendant une durée indéterminée, ne rentrera pas à la maison, se regarder différemment, se regarder avec cette épaisseur nouvelle entre eux. On vient lui rendre visite, lui ne rend visite à personne, ce sera toujours dans un sens, au-delà des conventions, on ne l'attend plus comme on l'attendait avant puisque de toute façon il ne peut pas se déplacer, ce sont donc les autres, toujours eux, qui se déplaceront pour lui, sans surprise, tout sera prévu, inscrit et minuté. On viendra le voir en prison. Son père ne le laissera pas en placer une.

– Je peux dire qu'il me cassait les couilles, mais c'était toujours mieux que son silence. Même chiant, et il avait raison de l'être, je préférais avoir affaire à lui plutôt qu'à son fantôme. C'était beaucoup plus direct, beaucoup plus franc. C'est mon père, quoi, je ne le voyais pas changer. Je savais que je devais baisser les yeux. Je savais aussi qu'il fallait rassurer ma mère, elle n'oserait pas parler en premier, elle attendrait ses mots à lui. J'imaginais très bien ce que je leur imposais.

Père : Non tu n'imagines pas, tu n'imagines pas la honte de me retrouver ici, venir en taule, moi qui n'ai jamais volé un morceau de pain ni laissé une ardoise de ma vie. Je viens te voir parce que je n'ai pas le choix, je suis ton père et tu m'obliges à mettre les pieds là où je n'aurais jamais pensé les mettre. À cause de toi. Par ta faute. Tu n'imagines rien du tout. Ça ne t'a pas suffi d'aller de force à l'armée. Je croyais que ça t'avait mis du plomb dans la tête, mais non. Tu as menti. Tu nous as rien dit, mais c'est pareil, tu as fait croire que. Tu faisais tes affaires sans nous le dire, nous on croyait que tout était normal et tu nous l'as laissé croire. Menteur. Tu as décidé d'être un voyou. Un moins que rien. Parce que maintenant, je te le dis, c'est fini. Tu ne trouveras jamais plus un travail. Il faudra recommencer à faire tes conneries, tu ne pourras plus t'arrêter, tu as franchi le pas une fois, tu vas continuer, il ne fallait pas commencer. Tu peux être fier de toi. Tu n'imagines pas ma honte, c'est mon sang qui entre en prison, je n'ose même pas parler fort, je n'ai pas osé regarder le gardien à l'accueil, j'ai baissé le front, tu entends, j'ai laissé passer ta mère en premier, j'ai honte, tu me fais honte. Jamais eu honte comme ça. Toi, c'est facile, tu peux rester caché avec ceux qui te ressemblent, moi c'est impossible, ma honte, je la trimballe partout, je ne m'en débarrasse pas, au travail, dans notre quartier, je ne vais plus au bar, quand j'accompagne ta mère aux courses, j'ai toujours peur de rencontrer quelqu'un qui me demanderait de tes nouvelles, il faut faire vite, je ne supporte pas d'attendre, je m'énerve quand elle met une heure à choisir les légumes, les fruits, les comparer, les peser, parce que plus elle prend son temps, plus on a de chance de rencontrer quelqu'un, je ne veux plus voir personne, la honte de toi me colle au visage, quand je suis seul à la maison, quand je me lève le matin, pourquoi se lever si ton fils est en prison, pourquoi se laver, pourquoi regarder la télé ? Non tu n'imagines pas. Tu ne peux pas. Que tu sois là à rien foutre avec d'autres parasites au lieu de travailler normalement, non tu n'imagines pas ce que tu m'imposes, tu parles, tu parles, comme toujours, mais tu ne ressens rien. J'ai terminé.

Quand son père se lançait ainsi dans de telles logorrhées sans buter, comme s'il les avait apprises par cœur et répétées des nuits entières, Édouard restait interdit. Il le comprenait malgré tout.

Père : Non tu ne comprends pas. Tu ne peux pas. D'ailleurs, je ne veux pas que tu comprennes, si tu comprends, c'est trop facile, ça n'accroche plus, c'est lisse, moi je veux que tu te casses les dents sur ce que tu ne comprends pas, que ce soit confus en toi, fallait réfléchir avant, je ne vois pas pourquoi tu comprendrais.

Inutile de tenter la moindre riposte, Édouard sait que son père n'acceptera rien de lui. C'est trop. Son fils lui dirait qu'il fait soleil, il répondrait qu'il pleut même s'il fait beau et s'il ose s'incliner, se taire, il le prend mal, convaincu qu'il cherche à se débarrasser de lui, Édouard sait qu'il a raison, les mots qu'il ne partage pas, les mots par lesquels son père l'inonde le clouent sur place, là il ne peut plus en douter, il est en prison et c'est à peine s'il entend sa mère murmurer à son oreille, tu sais, tu nous as fait beaucoup de peine, mon fils. Rien de plus. Mais sa phrase s'adresse secrètement à lui, au-delà des mots qu'elle prononce, il n'y a aucun reproche malgré ce qu'entendent Édouard et son père, tu nous as fait beaucoup de peine. Elle l'informe discrètement de sa présence, elle emploie le nous parce qu'elle ne peut pas faire autrement avec son mari à côté, dire beaucoup de peine pour dire sans qu'il le comprenne tout l'amour qu'elle porte à son fils qui restera son fils quoi qu'il arrive, qu'elle est triste pour lui, qu'elle s'inquiète des conditions de détention sans même penser ces mots qu'elle ne connaît pas, mais c'est pourtant ça qu'elle a en tête, comment va-t-il s'en sortir enfermé ? Que va-t-il manger ? Y en a-t-il des plus durs que lui qui l'embêtent ? Elle veut le persuader de ne pas répliquer, ne pas s'énerver, surtout ne pas se battre, lui répéter de bien se couvrir pour ne pas attraper mal, parce qu'elle imagine qu'il n'y a que des courants d'air en prison, qu'il y fait toujours froid, un froid glacial, couvre-toi mon fils. Et ça marche, Édouard comprend l'implicite. Tout le contenu lui parvient à demi-mot dans les méandres de sa seule phrase si peu réprobatrice, tu sais, tu nous as fait beaucoup de peine, mon fils.

Le premier parloir est la confrontation. Le choc. Une déflagration. Il inscrit définitivement Édouard dans la peine qu'il va purger. Les suivants sont différents. Ils entrent dans une routine, un échange informel fait de questions sans importance lui donnant l'illusion de maintenir le lien avec ceux qui sont dehors, de savoir ce qui se passe quand il n'est pas là. Mais tout est filtré.

– On fouille aussi les mots, il y a des choses qui n'entrent pas en prison, qui ne t'atteindront jamais parce qu'on ne te dit pas tout, parce que même si on te disait tout, tu ne le vivrais pas, tu passes à côté, tu rates, tu perds.

Ce qui circule entre toi et les autres est sans relief, c'est beaucoup plus facile de faire entrer une barrette de shit ou, comme l'a fait Mesrine, une arme, que les mots bruts.

Une fois le premier parloir passé, il s'installe en prison, il sait que le prochain arrive, il verra sa femme.

– Enfin, avec Nath, on ne s'est jamais mariés, mais c'est pareil, j'ai toujours dit ma femme à propos de mes compagnes, depuis toujours, j'aime bien, ça me donne un plus, je ne sais pas comment dire autrement.

Sa femme donc aura parlé à ses parents, ils lui auront expliqué et elle viendra, elle se sera longuement apprêtée avec sa veste en cuir, la jupe et le parfum qu'il aime.

– Ma femme, c'est pas pareil, ça lui fait plaisir de venir me voir, moi aussi, c'est bien qu'elle soit là, avec elle je me prends pas la tête comme avec mes parents, elle est pas surprise de me voir là, ça fait partie des possibilités qu'elle avait déjà envisagées, elle sait en partie ce que je fais, du moins que ce que je fais n'est pas très légal, qu'il y a des risques, tu peux te faire choper. Elle vient, la première fois on peut même pas s'embrasser derrière la cloison de verre comme à la banque, c'est la seule fois où les parloirs étaient encore avec l'hygiaphone, ça a disparu aujourd'hui. Derrière la vitre, elle me regarde autrement, je le vois, je suis plus impressionnant pour elle, comme si j'avais eu une promotion ou que je sortais du coiffeur ou que je portais un nouveau tee-shirt qui m'allait particulièrement bien, d'ailleurs c'est ce qu'elle me dit, t'es trop beau. Mais tout est plat, froid comme dans un magazine, on touche la vitre avec nos mains, sans jamais qu'elles se touchent, elle est là et pas là, juste la voir et l'entendre, les autres sens ne servent à rien dans ces parloirs. On parle et c'est tout. Insoutenable.

Édouard comprend que si les parloirs lui reviennent ainsi en mémoire, son père, sa mère, sa femme, c'est qu'il ne sortira finalement pas ce jour-là, l'après-midi s'étend trop longuement, ce sera pour demain et si ce n'est pas demain, ce sera après-demain, il se répète toujours la même rengaine pour ne plus attendre et se laisser surprendre.

– Comme on dit tous ici, on est rentrés, on sortira.

Les séparations en plexiglas disparaissent à sa deuxième incarcération, dès lors seront instaurés les parloirs dits libres permettant aux détenus de rencontrer leurs proches à l'intérieur d'un espace clos, une porte vitrée facilitant le contrôle des surveillants.

– Parloirs libres, on ne trouve pas d'autres qualificatifs, histoire de bien te faire comprendre que cette liberté du parloir ne va pas s'éterniser, à peine tu mesures l'illusion de la liberté, à peine tu en prends conscience, que le surveillant l'interrompt, tu l'aimes la liberté hein ? Tu la goûtes à petites doses lors du parloir, eh bien maintenant tu retournes en cellule. Et puis quelle liberté quand on scrute le moindre de tes mouvements, la moindre de tes caresses ou le moindre de tes baisers ? Quelle liberté quand on peut écouter à tout moment les mots que tu veux pas partager avec d'autres, que tu prononces que pour ta femme, tu vois ce genre de mots que tu aurais honte si on te les faisait entendre ? Quelle liberté quand le maton est là juste derrière la porte et regarde à travers la vitre ce qui se passe et s'il ne voit pas bien parce que tu t'es déplacé dans un angle mort où on peut s'embrasser un peu plus, se serrer l'un contre l'autre, tranquille enfin voilà, tu as compris, rien ne l'empêche d'un tour de clé de rentrer pour vérifier que – il faut que je retrouve la formule –, pour vérifier que tu n'imposes pas *à autrui* – c'est ça –, que tu n'imposes pas *à autrui des actes obscènes ou susceptibles d'offenser la pudeur*, et ban, c'est écrit comme ça dans le règlement, mot pour mot, dire sans dire, en fait. On te parle d'unités de vie familiale dans certaines prisons et y avoir accès est un droit pour tout détenu, il peut en faire la demande au moins une fois par trimestre, le problème c'est que très peu de prisons en sont dotées. C'est simple, partout où je suis allé, j'en ai jamais vu. Par contre, si sur le papier les relations sexuelles c'est interdit, y en a à chaque tour de parloir. Moi aussi, plusieurs fois, t'es obligé, tu t'arranges, tu prévois avant, tu préviens ta femme de rien porter dessous, ou, enfin bon, on se comprend, pour que ce soit plus simple. Souvent ils ferment les yeux parce qu'ils savent très bien que ça fait lâcher la pression, après tu peux toujours tomber sur un enculé, il t'ouvre la porte en plein machin, mais généralement, s'il n'y a pas d'enfants au milieu, si tu es discret, ils ferment les yeux. Comme pour le shit, le téléphone et tout le reste. Y a les parloirs internes aussi quand la prison abrite un quartier de femmes et un quartier d'hommes, ils peuvent s'écrire, demander un permis de visite, attention il faut pour cela que les deux soient condamnés et non en attente de jugement, donc le parloir est accordé, tu te vois physiquement, tu parles, discutes, éventuellement tu peux filer un coup. En fait malgré les interdits il y a une tolérance.

C'est la grande hypocrisie. C'est obligé, ça explose sinon. En prison comme ailleurs, tu as le règlement et l'application du règlement et ça tu le comprends vraiment avec l'expérience, quand au bout d'un certain temps tu sais comment parler aux surveillants, au SPIP, à l'assistance sociale, au médecin, quand tu commences à sentir ce que tu peux leur demander, ce qu'ils attendent de toi, ce qu'ils ont besoin, eux – surtout les surveillants –, tu te fais connaître, tu leur fais comprendre jusqu'où tu peux aller, c'est donnant donnant, je suis dans la merde, c'est sûr, c'est moi qui suis en prison et toi dehors, mais si tu veux je peux te permettre de gagner plus à condition d'accepter de me rendre service, accepter par exemple de fermer les yeux pendant les parloirs, ou de procéder à la fouille que pour la forme, sans chercher très loin. Tout cela a un coût, si tu as les moyens, tu peux dépenser autant voire plus que si tu étais dehors, on pense que les détenus ne paient rien, qu'ils se font entretenir par les contribuables – et qui c'est qui paie ? C'est nous –, qu'il vaudrait mieux les éliminer, comme ça, au moins, il n'y aurait plus de problèmes de surpopulation carcérale, d'accès aux soins, d'hygiène, c'est des phrases que tu entends partout, à la télé, dans la bouche des politiques, mais les gens savent pas ce qu'un détenu est prêt à dépenser pour tenter d'apaiser sa peine, continuer ses affaires tout en étant incarcéré. On comprend très vite à qui on peut s'adresser. La trousse de toilette, par exemple, c'est pratique. Le surveillant n'est jamais fouillé, il peut donc faire rentrer ce que tu veux. À condition de payer. Et de payer très cher.

Lors d'une de ses détentions à Marseille, il a été en contact avec le Chauve, un surveillant particulièrement actif dans ce domaine. Édouard fixe un rendez-vous dans un bar et s'arrange pour en informer Nath ou un ami. Ce sont eux qui préparent la trousse de toilette en fonction de ce dont il a besoin, cela peut être un rasoir électrique, un téléphone, deux bouteilles de yaourt liquide remplies l'une de pastis, l'autre de whisky. Ils l'apportent à l'endroit convenu. Ils donnent 500 euros au Chauve qui le lendemain profite de la promenade pour déposer discrètement la trousse dans la cellule. Et parce que, pour la même combine, il fait appel plusieurs fois à lui, il peut négocier le prix, jusqu'à 400 euros la trousse. Ce souvenir l'entraîne très loin, bien après sa quatrième libération, dans un bar, il recroise par hasard le Chauve qui lui offre un verre, puis c'est au tour d'Édouard, ils plaisantent, oh le Chauve tu viens ici pour une trousse de toilette ? Ils rient ensemble, mais il apprend que le surveillant s'est fait démasquer dans son trafic, il a été suspendu de ses fonctions tout en continuant à être payé, il sera réintégré dans trois mois.

– Non vraiment, si tu sais te débrouiller, si tu as un peu d'argent, tu peux t'en sortir. Si tu n'as rien, c'est sûr, c'est plus difficile, il faut être capable de se projeter, avoir une vie intérieure intense. Je dis ça, mais même si tu as le fric, il arrive toujours un moment où les trousses de toilette ne suffisent plus, elles te permettent d'attendre plus facilement, mais ça dure pas, ça n'efface rien, arrive toujours un moment où l'attente reprend le dessus. Ce n'est qu'un leurre.

Les gameleurs viennent de distribuer les plateaux-repas, mais Édouard ne mangera pas le soir du 22 mai, ce n'est pas la peine d'insister, il ne se sent pas très bien, légèrement barbouillé, à cause du hachis Parmentier tiédasse qu'on leur a servi à midi, il n'aurait jamais dû y toucher, mais il n'avait aucune énergie pour se mettre en cuisine, il l'a avalé tel quel, sans essayer de le réchauffer ni de l'accommoder comme à son habitude, même s'il dispose de tout pour ça.

– Pour chauffer, je ne m'emmerde plus avec le toto, c'est fini, j'ai passé l'âge, j'ai plus de moyens, mon pécule me permet de cantiner ce que je veux, pas comme quand j'étais jeune.

Avant, en effet, il remplissait le bon de cantine le lundi et ses commandes censées arriver deux jours plus tard ne lui parvenaient qu'au bout d'une semaine.

– Plus long qu'une commande passée sur internet et qui arrive de Chine, ça, c'est au début, après, quand tu sais comment ça marche, tu t'arranges avec l'auxi qui est magasinier et ta commande tu peux l'avoir le jour même et parfois sans bon de cantine, mais comment le savoir quand tu arrives ?

Désormais, grâce à ses revenus, il a acquis un certain confort, il peut, sans difficulté, payer 150 euros une plaque électrique, acheter d'autres victuailles que celles que la détention offre, des repas certes équilibrés, mais peu ragoutants.

– À induction, la plaque, uniquement. Quand tu poses la main ça te brûle pas. C'est pour éviter que tu mettes la face de ton codétenu dessus. Et comme tu peux pas faire chauffer n'importe comment, il faut encore acheter ce qui va avec.

À défaut de sortir, il reste donc allongé pendant que Richard s'empresse d'avaler ses pâtes, son yaourt à la fraise et d'allumer la télé pour ne pas rater le journal sur la une. Ça ne dérange pas Édouard, il met un casque sur les oreilles et lance le lecteur CD qu'il a cantiné quand il est arrivé, il y a cinq ans, il choisit ce soir sa compilation des plus beaux slows, double volume spécial années 70-80, il entend la guitare, les premiers accords de *Still Loving You*, putain ce slow cette musique, c'est trop bon, les boîtes, les filles, le Tartane, le Montréal, le Krypton, le Trollley, le Lapin rose, il attendait toujours le premier *love only love* pour commencer à serrer davantage la fille et au deuxième *love only love*, il l'embrassait, il avait ses repères aussi pour ça. Mais *Tout doucement* de Bibi, il ne supporte pas, ne comprend pas ce qu'elle chante, ne fait aucun effort, une pression du doigt, il passe à la piste suivante, ta ta ta ta ta, bref silence, tatata, *Europa* de Santana le renvoie aussi sans ménagement à sa première mise sous écrou qui se mêle à son enfance, son adolescence. Avec du recul, il pense qu'il n'est jamais entré en prison comme les autres entrent, n'a pas appris comme ils apprennent. Malgré son appréhension de la première fois, il connaissait les codes.

– Dès le début je les connais parce que ce sont les mêmes que ceux de la rue, non, c'est pas exactement ça, je les connais pas, je les reconnais.

La nuance n'est peut-être pas si grande, mais il ne l'avait jamais perçue jusqu'alors, reconnaître les codes de la rue en prison, en prendre conscience seulement ce soir-là, après toutes ces années, cela le ramène une nouvelle fois au fond de sa mémoire, jusqu'aux voitures volées à treize ans dans la cité, juste pour faire un tour, descendre la pente du pied des immeubles jusqu'à la route nationale.

– Des Fiat 500, on appelait ça les œufs, parce qu'elles avaient la forme de gros œufs, c'était trop facile, tu ouvrais avec une lime à ongle et pour démarrer, pareil, pas la peine d'arracher les fils, on s'amusait à faire des courses, on se rentrait dedans et puis on les abandonnait, on était cons quand même, je sortais la nuit discrètement quand tout le monde dormait, avec les potes on s'était donné un filon pour ouvrir et refermer le verrou de la porte d'entrée sans faire de bruit, on en avait parlé entre nous, tu rentrais la clé doucement et au moment de tourner, tu tirais la poignée contre toi, ni vu ni connu, sauf qu'un matin tôt je remonte, le verrou était fermé, je descends, je téléphone chez moi d'une cabine, ma mère répond, je prends une grosse voix, je demande à parler à ma sœur, je fais croire que c'est un collègue de travail, ma mère râle parce que, quand même, c'est pas une heure pour téléphoner, je lui demande d'ouvrir le verrou et discrètement en parlant au téléphone elle le fait, je peux rentrer me coucher, mais j'ai les mains pleines de cambouis car ce soir-là on avait volé une moto, on avait déraillé et réparé la chaîne et je sais que dans cinq minutes mon père se lève, obligé de me coucher en tenant mes mains en l'air pour pas salir les draps, mon père comme prévu finit par se lever, petit déjeuner, il aimait prendre son temps, café, biscuit dans le café et ceci et cela et moi je reste comme un con les bras en l'air dans le lit, jusqu'à ce qu'il parte au travail.

Édouard revoit très précisément la scène comme si les faits s'étaient produits la veille. Ses pensées s'animent, les images se superposent sans autre fil conducteur que celui de l'enfance, à quarante ans, allongé sur sa couche, les mains croisées derrière la nuque, il est aspiré vers ce qu'il connaît de la rue, mais curieusement, à cette heure, il ne franchit pas l'âge adulte où les boulevards et les avenues sont beaucoup mieux domptés, davantage liés à la gravité et aux affaires de la plus haute importance qui lui ont valu toutes ces années de prison, non, ce qu'il retrouve avec tendresse et amusement est cet immense terrain de jeux, de découvertes et de rencontres à ciel ouvert, mais il ressent aussi un certain agacement, une gêne, comme la révélation tardive que ça n'aurait pas dû se passer ainsi, du moins que si ça ne s'était pas passé, il n'en serait pas là maintenant, à attendre d'un jour à l'autre sa cinquième libération, c'est l'enfance qui fait tout, pense-t-il, pourtant, loin de lui l'idée de jeter la faute sur ses parents, bien élevé, il n'était pas livré à lui-même, non, il avait un toit, il devait rendre des comptes à sa famille, mais il était très fort pour dissimuler, manipuler son père et sa mère qui lui faisaient confiance, qui travaillaient, essayaient d'économiser, qui tenaient à ce que tout le monde soit réuni à l'heure du repas, très loin d'imaginer qu'il pouvait se comporter à treize ans comme jamais des adultes ne se comporteraient, c'est précisément cela qui le tient éveillé. Il n'a pas besoin de théoriser là-dessus, les réminiscences intempestives suffisent, l'enfance comme postulat, côtoyer la rue tous les jours, échafauder des plans pour la rejoindre, elle lui enseignait des règles qui lui servaient de repères, d'appuis – encore ancrés aujourd'hui –, là où l'école le plongeait dans un profond vertige. Et alors que la nuit avance, que la respiration de Richard couché juste en dessous de lui se fait plus lourde, voilà que son enfance s'invite à nouveau sans crier gare.

– On m'a volé mon vélomoteur, ma bleue, donc, avec Jean-Philippe, qui est mort maintenant, on vole une Fiat pour essayer de le retrouver, l'autoradio à fond, les fenêtres ouvertes, on cherche dans tout le quartier, on longe les bâtiments, la boulangerie, l'alimentation, le *Bar des amis*, puis on tire jusqu'à Notre-Dame-Limite, le vent s'engouffre dans l'habitacle, vers l'Hôpital Nord, on brûle un stop et la R12 de la police nous prend en chasse avec la sirène, la lumière bleue du girophare éclaire tout l'intérieur de notre bagnole, nous on s'enfuit, Jean-Phi accélère, on fonce, ils nous suivent, nous rentrent dedans pour qu'on s'arrête, ils se mettent à notre hauteur, arrêtez-vous, nous, on les pousse en se collant à eux, portière contre portière, si bien qu'ils se prennent un parapet sous la voiture, elle fume, ils peuvent plus avancer, d'autres flics sont prévenus, ils nous prennent en chasse à leur tour, on arrive au Canet, le quartier juste à côté, on lâche la voiture, la boîte de vitesses massacrée, on descend, les flics nous courent après, on franchit un grillage, je tombe sur des cactus, c'est l'été, on est en shorts, on traverse la cour d'un collège, je sais plus lequel et on ressort de l'autre côté, ils nous tirent dessus, arrêtez-vous, arrêtez-vous, et nous, va te faire enculer, on crie, quand je rentre chez moi, le soir tard, mon père m'attend, je balise comme un fou, il me dit les flics ont appelé, ah bon les flics ont appelé ? c'est fini, je me dis, je suis mort, ils ont appelé, ils ont retrouvé ton vélomoteur, un soulagement comme jamais, non pas qu'ils l'aient retrouvé, mais que mon père ne sache rien de notre virée, je pars avec lui le chercher, il était nickel, on avait fait tout ça pour rien. Là on était plus âgés, on avait quoi ? Bien quinze, seize ans.

Oui, reconnaître ainsi en prison ce qu'il nomme les codes de la rue le surprend grandement, lui s'attendait à autre chose, à davantage d'ordre, davantage d'isolement, davantage de murs, il y trouve de plus grands espaces, de nouvelles perspectives, il lui faut peu de jours pour se sentir totalement à son aise, il est comme ça, il a cette aptitude naturelle à s'adapter à différentes situations, différentes personnes, jusqu'à un certain point.

– Et c'est ce *certain point* qui pose problème dedans, parce qu'il est souvent dépassé, souvent insupportable, il te cloue au sol et tu ne sais pas comment en sortir, c'est là que tu sens toute la lourdeur de ta peine, la longueur infinissable des jours, les nuits sans sommeil, les nuits blanches n'ont plus la même saveur, le *certain point* les rend épuisantes, tu t'essouffles, ton cœur s'emballe, tu entends dans l'angoisse les coups de ton sang monter jusqu'aux oreilles, aux tempes, occuper ton cerveau et frapper, frapper, tu attends que ça éclate et qu'on te transporte en urgence.

Ça y est. Richard à présent dort d'un sommeil profond. S'il ronfle, Édouard en deux trois secousses fait trembler l'ensemble du lit superposé et son compagnon s'interrompt aussi sec, ils l'ont convenu ainsi, Richard ne veut surtout pas déranger celui qui est devenu son ami. La sortie n'aura donc pas été pour aujourd'hui. Demain certainement, on sera le 23. Édouard reste éveillé, regarde sur le plafond les fissures, la peinture écaillée.

– Je peux dire que je le connais le plafond de la prison, on ne vit jamais autant sur le dos que quand on est incarcéré.

Il suit la fente qui part de l'angle du mur et s'étire au-dessus de lui, à force de la regarder, elle avance, il creuse avec elle son sillon et au fil des nuits sans sommeil le sillon se fait plus profond, à ce rythme-là il va bien finir par fragiliser le bâti, pénétrer l'étage supérieur, ébranler les fondations et précipiter son effondrement qui précipitera à son tour, d'étage en étage, l'effondrement de la prison comme un château de cartes. La fissure dessine des immeubles, des visages sans bouche et des chats sans moustache, quand il change de cellule, il la retrouve, sur un autre plafond, là où il l'avait laissée, sa progression n'est en rien affectée par ce changement, que ce soit lors de la première ou de la cinquième réclusion, que ce soit à Aix, Marseille, Borgo, Ajaccio, Salon, Tarascon, Arles ou encore Marseille, en centre de détention, maison d'arrêt ou centrale.

– Je retrouve toujours la fissure, les éclats de peinture, ils m'attendent et avancent au rythme de mes peines, ils ne manquent jamais aucun rendez-vous.

Malgré cela, il lui arrive de penser que ce n'est pas si difficile. Il y a même des jours, il l'assure, où il oublie, il vit des moments comme il les vivait dehors, il rencontre des personnes avec lesquelles se crée un lien singulier, ils discutent, se confient sur leurs affaires, leur famille, leur solitude, ils procèdent secrètement à des échanges, des partages, ce qui rend tout plus supportable. Édouard ne comprend pas la détresse de Pierre Botton, il est interloqué quand celui qui a été tour à tour l'ex-conseiller, l'ex-directeur de campagne, l'ex-gendre de Michel Noir, lui-même ex-ministre du Commerce extérieur du gouvernement Chirac, parle dans son livre de supplice, avec ce sous-titre *Ce qui se passe en prison est pire que ce que vous croyez*, mais qui croit quoi ? s'insurge Édouard, à quoi s'attendait-il celui qui a été incarcéré pour détournement de biens sociaux, puis pour détournement de fonds destinés à son association d'aide aux détenus ?

– Il était pourtant dans le quartier VIP. De quel monde il vient, ce mec ? Sûr que quand on ne connaît rien à la vie, c'est un choc, mais quand le manque, la méfiance, la violence, tu les vis déjà dehors, tu es moins surpris. J'ai jamais ressenti ce qu'il raconte pourtant j'étais pas un cramé, mais j'avais déjà eu affaire aux condés plusieurs fois, aux arrestations, je savais un peu. Contrairement à lui, je peux dire que j'ai vécu de bons moments dedans, des moments où j'ai vraiment oublié, tu joues aux cartes avec tes potes comme au bar, tu rigoles, tu as ton petit verre de pastis dans un gobelet en carton pour que ça passe inaperçu. Je me souviens que des fois à ton atelier d'écriture, avant de commencer on s'en servait un, les surveillants n'y voyaient que du feu et ces jours-là, on trouve les mots plus facilement ou plutôt ils nous font moins peur, on ose davantage les employer sans se dire qu'ils ne sont pas pour nous, que ça se verrait tout de suite qu'on veut faire style, après, une fois que les mots sont là, les phrases filent toutes seules et même si c'est pas toujours français, c'est beau, c'est putain de fluide, enfin c'est ce qui nous semblait. Toi, tu partageais pas toujours notre impression et une remarque de ta part, une réserve nous dégrisait tout de suite. Mais sur le coup, incroyable, le stylo glisse.

Édouard se souvient aussi que lors de ses deux premières incarcérations la bière était autorisée avec les repas, lui ne les consommait pas tout de suite, il les accumulait et en fin de semaine, il les buvait toutes avec ses codétenus.

– C'était festif avec la 33 Export, ça nous rappelait nos fins de semaine dehors quand on faisait la bringue, mais ensuite l'administration pénitentiaire s'est mis, mise, s'est mise à délivrer du Subutex pour ceux qui en avaient besoin et à cause des cons qui faisaient des mélanges 33 Export + Subutex, ils ont supprimé la bière.

Parfois l'alcool est offert par les surveillants eux-mêmes, sans contrepartie, simplement parce qu'ils sont surveillants et qu'en face d'eux se tiennent des hommes détenus certes, mais qu'ils ont appris à connaître et qu'ils estiment dignes de respect. Ce n'est pas le cas de tous, c'est même très rare, mais comment Édouard pourrait-il oublier le Shérif du premier étage du bâtiment B à Borgo ? Celui-ci lui avait promis, ainsi qu'à ses deux compagnons de cellule, d'apporter l'apéritif un soir. À l'heure convenue, il avance près de la porte, fait coulisser à travers l'œilleton un tuyau dont l'une des extrémités, à l'extérieur, plonge dans sa bouteille de Ricard et l'autre est tétée par le détenu afin de créer un appel d'air, permettant au pastis de se déverser dans les verres, tasses ou gobelets. Là encore, le Shérif, comme il aime se faire appeler, n'agit pas ainsi avec tout le monde, des liens se sont créés, une estime réciproque, le rapport surveillant-détenu est intégré de part et d'autre, mais il s'y glisse parfois des poches d'humanité.

Édouard a également construit une relation particulière avec un surveillant avec qui il partageait l'amour des belles phrases, un mélange de français suranné et d'innovations linguistiques, comment se porte mon geôlier, mon prévôt, mon garde-chiourme ? Les substantifs varient en fonction des jours et de l'avancement de leurs découvertes. Très bien et vous cher captif, cher réclusionnaire, cher embastillé, cher séquestré, comment avez-nous passé la nuit ? C'est comme un rendez-vous que préparent le surveillant et le détenu. Chacun effectue des recherches et les partage quand il retrouve l'autre, Optime ma chère sentinelle, de quelle pitance, de quelle becquetance, de quelle mangeaille, de quel fricot, vais-je être repu aujourd'hui ? Oh les agapes seront pour un autre jour, vous ne ferez pas bombance hélas nonobstant le camembert avec cette ratatouillette et ces grainettes de riz, flanquées d'un maigre filet de mac-heureux sans arêtes. J'en serai donc tout marri, heureusement que la perambulation, la baguenaude, la flânerie, la bambée allégera mon tracas.

– Oh mais vous faites chier avec vos conneries, ça sert à quoi ? On comprend rien, vous riez pour quoi, pourquoi vous riez ? Les autres s'énervaient parce qu'il n'y avait pas de place pour eux, ils comprenaient pas le plaisir qu'on prenait à nous perdre dans des mots qu'on n'employait jamais autrement. C'était même violent, ils m'en voulaient, ils trouvaient que si moi je riais avec le surveillant et qu'eux ne comprenaient pas, c'était comme si je me foutais de leur gueule, que je les méprisais, pour qui tu te prends ? Redescends un peu.

Édouard, malgré ses doutes et sa rage d'être empêché, essaie de se rendre disponible, de s'ouvrir, de chercher ce qui le rapprocherait de certains surveillants, être surpris par eux, faire l'effort de passer outre sa servitude pour les découvrir, au-delà des premières impressions.

– Les surveillants, c'est comme les gens dehors : 60 % sont des enculés, 30 % de sympas, ils font le boulot, c'est tout, ils aiment les autres, leur métier, ils sympathisent et nous rendent des services sans qu'on ait à payer quoi que ce soit. Et y'a aussi 10 % de faibles, impressionnables facilement, c'est souvent à eux que tu demandes de faire passer les choses, les trousses de toilette. À Borgo, au même étage, quand c'était pas le Shérif, c'était Orangina, on l'avait surnommé comme ça parce qu'il avait un cul énorme et parce que c'était une enflure, pour la promenade, il nous ouvrait quand ça lui chantait, on tapait dans les portes, on gueulait, oh tu nous ouvres ? il savait qu'on l'appelait Orangina, oh tu nous ouvres ou on te secoue, allez-y bande de cons, il répondait, secouez-moi, secouez-moi, mais il ouvrait pas, parfois il répondait même pas, on savait qu'il entendait, mais certains jours il faisait le sourd, le genre de mec qui veut te faire sentir que tu es une merde, qu'il a son petit pouvoir et que c'est lui qui décide si tu vas ou pas en promenade. Orangina.

S'il trouve, à certaines heures, qu'être dedans n'est pas si difficile, c'est aussi parce que entre les moments de détresse et d'attente interminable, il rit beaucoup, il retrouve en prison une sorte d'amusement, de légèreté que forcément il avait perdus en liberté. Même s'il reste toujours sur ses gardes, il reconnaît les plaisirs perdus de son adolescence, que ce soit par sa verve truculente par laquelle il imite le personnel, les autres détenus, des personnalités du petit écran ou par certaines scènes auxquelles il se livre avec d'autres, des plaisanteries, des blagues, parfois un regard complice qui déclenche l'hilarité. En raison de la promiscuité, certains tabous tombent, le surmoi devient moins rigide, on parle des femmes, des filles, des pépées, celles qu'on a eues, celles qu'on convoite, celles qu'on invente, celles qui n'existent pas, mais à qui on sait ce qu'on ferait si elles existaient vraiment, ça ne dure pas, ça revient au détour d'une image colorée entrevue à la télé, d'une jeune intervenante extérieure ou de deux grosses oranges qu'on enserre et qu'on palpe au creux de la main comme on le ferait avec les seins de celle qu'on désire, honteux juste après d'avoir de telles pensées de vieillard, d'obsédé, non je ne suis pas comme ça, les oranges sont les oranges, on les épluche, on détache les quartiers, on les presse pour extraire leur jus et c'est tout, rien à voir avec, qu'est-ce que je suis en train de faire ? Où je suis ? Mais on rit avant, on rit pendant, on y pense après quand on est seul et on n'en est pas toujours très fier.

– Rire te déplace putain, accélère le temps, si tu ris pas tu t'enfonces et ce qui est drôle, c'est le cas de le dire, c'est que tu te mets à rire de ce qui ne t'aurait jamais fait rire dehors, forcément tu ris de ce que tu connais mais en prison, c'est différent, tu augmentes tes connaissances, tu ris des tics du surveillant du bâtiment G, tu te mets à comprendre des blagues que tu ne comprenais pas dehors, à rire du détenu qui se casse la gueule, du repas qu'on te sert. Une fois j'étais avec Lounès dans le couloir, on était auxis tous les deux au nettoyage. C'était mortel.

En revoyant cette scène, Édouard sourit au milieu de la nuit comme ceux qui sourient à leur écran de portable, ils ne savent pas qu'ils sourient. Louis, soixante-dix ans, était un grand fumeur qui n'avait jamais de cigarettes sur lui, il en demandait sans cesse à tout le monde. Le plan échafaudé ensemble était le suivant : Édouard, qui ne fumait pas, avait coupé des poils du balai, Lounès, dans sa cellule, le soir, les avait roulés minutieusement, et le lendemain, à la requête de Louis, il lui avait offert la cigarette. Quand, devant eux, il l'avait allumée, le cylindre s'était d'abord embrasé en crépitant, surprise de Louis, premier éclat de rire, puis au commentaire et à la figure extasiée du vieil homme, putain c'est trop bon merci les gars, ils s'étaient tenu le ventre, impossible de se retenir.

Louis : Quoi qu'est-ce qu'il y a ? J'ai dit une connerie ?

Lounès : Non, non rien, continue, Louis.

Édouard : Savoure.

Le rire n'explique pas à lui seul cette sensation plus ou moins fiable qui le pousse à affirmer que certaines heures passées n'ont pas été si difficiles. Quand il parle ainsi, Édouard a conscience qu'il n'est pas tout seul dans sa vie, que d'autres l'ont attendu et l'attendent autant que durera sa détention.

– Là encore, jusqu'à un certain point, mais quand le *certain point* une fois de plus est atteint, quand ceux que tu aimes dehors se lassent, quand toi tu restes là sans réponse, sans moyen de les atteindre, tu prends conscience, à force de vivre sur le dos, que sortir te promet de nouvelles solitudes.

Et il est sûr que ça va être encore le cas quand il sortira de nouveau. Dormir, il faut dormir. Mais il ne peut rien reprocher à personne. Comment attendre celui qui fait faux bond une fois, deux fois, trois, quatre, cinq fois ? Comment reprendre ce qui a été sans cesse interrompu ? Il envisage le pire pour être moins surpris, mais aimerait cette fois que ça se passe autrement, qu'il ne devienne pas un invité dans sa propre famille. Il faut que je sorte, se répète-t-il, que je sorte définitivement. Malgré ses questionnements, il perçoit les vibrations d'une nouvelle salve de ronflements. Secousse sèche. Plus rien ne bouge. Silence.

Jusqu'à un certain point, oui. Quand l'attente redevient plus lente, éternellement lente et qu'il sent que ce n'est pas aussi facile qu'il le proclame. Qu'il faut trouver à tout prix des moyens légaux pour tuer le temps. Exploiter sans restriction ce que la prison lui offre. La salle de sport bien sûr, mais dans la salle de sport, il se sent encore plus détenu que dans sa cellule.

– Tu sculptes ton corps, tu dépéris non pas en maigrissant, mais en gonflant et quand tu sors, tu dégonfles, tu t'avachis, tu oublies le corps.

En captivité, il ne peut l'oublier. Il est tellement pesant, tellement en demande, qu'il faut le contenter et le mettre à l'épreuve, pallier comme on peut le manque qu'il endure, il lui prête une attention nouvelle, se met à l'observer, à enregistrer la moindre de ses réactions, il le découvre, là cette tache brune derrière le flanc droit – faut vraiment tourner la tête et se tordre en deux pour l'apercevoir –, là entre les poils cette veine bleue qui part du mollet et remonte jusqu'au bas de la cuisse, il suit le chemin avec son doigt, il ne l'avait jamais vue avant.

– La salle de sport, comment dire ? C'est l'activité des pauvres, tout le monde y a accès, il n'y a pas de sélection, tu es sur ta machine et tu gonfles, tu continues à gamberger, tu te défoules d'accord, mais tu ne te déplaces pas vraiment, tout s'arrête quand tu t'arrêtes. Tu peux aussi y faire ton trafic, retrouver tes connaissances. La bibliothèque, c'est encore mieux, le seul endroit où il n'y a pas de surveillant, on entre, on prend un livre ou une revue, on se met dans un coin, on discute, des fois un maton passe dans le couloir, jette un œil à travers la vitre de la porte, qu'est-ce que vous faites ? Rien chef, on parle, on cherche ce qu'on peut lire, et on continue nos échanges qui pour être sincère n'ont rien à voir avec la littérature ou alors c'est une autre littérature que celle qu'on lit à l'école, sur la plage ou dans les salons.

Lui ce qu'il a toujours recherché, ce sont les hommes, les femmes qui viennent parfois de loin, qui se déplacent exprès pour l'enrichir ou partager.

– Je parle pas des visiteurs de prison, eux font presque partie du personnel pénitentiaire.

Mais de ceux qui amènent l'air du dehors, ils arrivent et Édouard voit tout de suite qu'il y a deux minutes à peine ils étaient encore là où lui ne peut pas être. Ils apportent avec eux les signes de l'extérieur, la joue encore rougie par le froid, un pansement à l'index – coupé hier en cuisinant un carry d'agneau –, le dentifrice à la commissure des lèvres, les traces du rasage dans le cou, le sang qui affleure, tout vient de dehors. Il le perçoit aussi à leur façon de dire bonjour, parfois ça sonne un peu faux, il sent à leur sourire crispé qu'ils viennent ici avec une appréhension, ils y ont pensé toute la nuit, avoir accepté d'intervenir en milieu carcéral, pourquoi ?

– Ils se disent peut-être que ça fera une expérience militante, une ligne intéressante sur leur C.V. Ils se demandent comment on sera. En uniforme comme dans les films américains ? Avec des chaînes aux pieds ? Est-ce que ça se verra à notre sale gueule qu'on est des prisonniers, des monstres sanguinaires ? Mais ils viennent et ça nous touche, faut pas le nier, ça nous amuse aussi, cette appréhension qui s'affiche malgré eux, serrer la main ou pas – nous toucher ou pas –, la façon dont ils la serrent – main ferme ou main molle –, dont ils nous regardent – regard franc ou fuyant –, dont ils nous parlent, et petit à petit on voit l'appréhension disparaître, petit à petit ça devient plus naturel et on se rencontre. Mais ça demeure fragile, il suffirait qu'on pousse un cri, qu'on tape du poing sur la table pour qu'elle revienne, c'est notre seul pouvoir ici, susciter la crainte.

Pour rencontrer ceux et celles qui viennent du dehors, il faut s'inscrire, être retenu, manifester un intérêt pour l'activité proposée. Il faut surtout être irréprochable. Les places sont chères. Cela permet aussi d'obtenir des RPS (remises de peine supplémentaires), qui s'ajoutent aux CRP (crédits de remise de peine) si le ou la JAP (juge d'application des peines) le décide. Qu'est-ce à dire ? Les CRP sont automatiques et ne nécessitent pas que le ou la JAP donne son accord, ils réduisent la durée de détention de trois mois la première année et de deux les années suivantes. En revanche les RPS – pouvant réduire jusqu'à six mois par an la peine encourue si celle-ci est supérieure à un an – doivent se mériter, il faut témoigner « d'efforts sérieux de réinsertion sociale » comme « s'investir dans l'apprentissage de la lecture, de l'écriture et du calcul, participer à des activités culturelles ». Tout un jargon que les détenus maîtrisent très vite à la perfection, sorte de novlangue réservée à des happy few qui se comprennent et s'enrichissent de nouveaux vocables que la détention impose. S'insinue ainsi une poétique qui atteste de leur présence ou de leur passage ici, de cette appartenance qui les somme d'acquérir une nouvelle langue.

Nombre de ces mots n'existent pas dehors ou s'ils existent, ils n'ont pas la même acception, comme le yoyo qui n'a rien à voir avec celui de l'enfance, mais qui sert à faire circuler d'une fenêtre à l'autre, de cellule en cellule, ce qui se vend, ce qui se donne, ce qui s'échange, bien que ce ne soit pas autorisé, l'administration le tolère, comme beaucoup d'autres choses.

– C'est simple pour faire mon yoyo, je prends le drap, je fais des bandes et je les tresse entre elles. Mais on doit s'arranger avec le responsable du linge quand il vient pour changer les draps, on lui demande un deuxième drap et on lui donne du shit ou une cartouche de cigarettes en échange. Parce que c'est très contrôlé, quand tu sors tu dois rendre la couverture de merde qu'ils t'ont donnée à l'entrée et surtout les draps, ils ne veulent pas qu'ils disparaissent ou que ça passe d'une cellule à l'autre. À cause des pendaisons.

Autres mots du dedans : le toto-pirate fabriqué à partir de lamelles de boîtes de conserve en fer séparées par un morceau de bois dont les extrémités sont reliées par un fil électrique. Il permet de chauffer très rapidement de l'eau. Ici, on coffre aussi le shit afin de le faire entrer, l'anus étant souvent la cache la plus sûre pour échapper aux contrôles et on ne parlera pas, comme on le fait dehors, d'un casier judiciaire particulièrement chargé, mais d'une facture de garagiste.

Si Édouard fait ainsi partie de ceux qui participent aux activités proposées, s'il témoigne « d'efforts sérieux de réinsertion sociale », c'est certes pour obtenir ces précieuses RPS, mais c'est aussi pour entendre le dehors, le sentir, avoir la preuve par le mouvement et les passages qu'il existe encore. Poser des questions, se renseigner, savoir ce qui se passe au-delà des murs, reconnaître dehors, penser dehors, est-ce qu'il fait beau dehors ? Les gens commencent à sortir en terrasse ? Il y a du monde à la mer ? Tu t'es déjà baigné ? Est-ce que tu te baignes l'automne, l'hiver quand l'eau est glacée, coupante et brûle ton corps quand tu sèches, tu te baignes ?

– C'est dans ce cadre qu'on s'est rencontrés en 2001, t'étais pas comme les autres, un je sais pas quoi de différent, tout de suite là, je veux dire pas méfiant, tu ne retiens rien, ne caches rien, quand tu me serres la main, tu me la serres, bon je sens que tu fais un effort, mais tu le fais, tu y as réfléchi. À la poignée de main, tu es avec moi, le genre de mec que j'aurais jamais croisé si c'était pas dedans, tu arrives d'ailleurs, mais je vois tout de suite qu'on a un truc en commun, qui vient de plus loin, en tout cas, c'est ce que je perçois à la première rencontre, je remarque pas de différence entre nous malgré tout ce qui nous sépare, c'est, je sais pas, étonnant, tu as la vie du dehors sur le visage, tu la trimballes jusqu'à nous et contrairement à la salle de sport, quand c'est terminé et qu'il faut retourner en cellule, ça continue dans ma tête jusqu'à la séance suivante. À cause des mots que tu prononces, comment tu les prononces, les mots que tu nous dis d'écrire, on n'aurait jamais osé, pourtant on en avait fait des conneries, y'avait de tout dans le groupe, braquages, meurtres, trafics en tous genres, mais ce que tu nous imposes de faire, parce que, excuse-moi, mais sans en avoir l'air tu nous l'imposes, on l'avait jamais fait, tu suis la ligne que t'as prévu de suivre et nous conduis je sais pas où, et ça je me le dis dans la cellule, et c'est putain de brutal, c'est bien, mais c'est trop tard, trop de temps perdu, ça aurait dû exister avant, je le savais pas, je prends conscience de quelque chose qui m'aurait plu, qui me plaît, mais qui ne m'avait pas été permis d'essayer, un peu comme un pantalon qui te plaît tellement mais qui n'est pas à ta taille, il est là, tu l'achètes quand même, tu te dis que c'est un pari, que tu perdras du poids pour rentrer dedans, que ça coûte suffisamment cher pour te bouger et tout faire pour que ça finisse par t'aller, c'est à la fois possible et presque impossible, les mots, écrire je veux dire, comme un écrivain si tu préfères, personne nous l'avait dit avant et forcément tu te dis que si on te l'avait dit, ça se serait emboîté différemment, on ne serait peut-être pas là, tu nous a secoués, en fait, perturbés, tout fifi que tu es. Les mots, écrire, c'est toi.

Hervé apparaît dans cette salle oblongue, fauteuils orange en plastique dur, tables disposées en U. Il propose à l'ensemble des hommes qui forment le groupe d'écrire. Édouard n'attend que ça. Qu'on lui foute un coup de pied au cul pour que ce qu'il doit dire s'écrive enfin, sorte, prenne forme. Quelques-uns se sont inscrits pensant qu'il leur apprendra à former des lettres, des mots, répéter des lignes de phrases simples, Mais qu'est-ce que tu nous fais faire ? Nous on n'est pas venus pour ça, on veut écrire, une lettre par exemple, remplir les papiers, écrire quoi, écrire vraiment. Édouard, lui, a compris. Dès la première consigne, il a le sentiment qu'Hervé lui donne le pouvoir. Ce qu'il écrit alors est partagé avec l'ensemble du groupe, il entend son texte lu par un autre, bien lu, comme dans un film à la télé, il découvre ses phrases sur une feuille blanche avec une forme nouvelle, ses mots devenus plus officiels une fois tapés et imprimés, ses mots qui ressemblent à ceux des vrais livres. Il écoute Hervé lire aussi les mots des autres, il les aime aussi, ça lui semble facile finalement l'écriture quand quelqu'un lit ses textes et plus difficile quand il s'agit de reprendre une feuille dans la pochette et de griffonner au stylo Bic des mots mal écrits, raturés. Hervé revient chaque mardi et apporte, imprimés, les écrits de la semaine précédente. Les détenus ne les reconnaissent pas toujours.

Détenu 1 : C'est moi qui a écrit ça ?

Édouard : Hervé, j'avais mis une virgule après *La vie*, elle a disparu

Détenu 2 : Ils sont bien nos textes comme ça.

Édouard perçoit l'évolution de ce qu'ils ont écrit, la façon dont Hervé recopie le texte et le lit lentement pour atteindre un plus beau résultat, pourtant les mots sont les mêmes.

– Tu nous as bien eus.

Aussitôt lui revient cette scène. Hervé parle. Ce matin-là, il porte un pull au maillage très fin, noir, trois boutons-pression sur l'épaule droite. Certains l'écoutent, d'autres comme Lounès et Édouard le regardent parler, leurs regards convergent vers le renflement de sa poitrine, ils ne peuvent plus s'en détacher.

Édouard : Tu as vu ?

Lounès : Je vois que ça.

Un cheveu, un filet d'or posé délicatement sur le pull noir, un cheveu abandonné qui dessine une arabesque, un cheveu de femme blonde, un cheveu de belle femme, de femme libre qui l'a embrassé avant de partir et qui le retrouvera ce soir, cette nuit. Hervé perçoit l'intensité dans leurs yeux, ils n'entendent pas ce que je dis, ils échangent en me fixant, ils parlent de moi, il y a un problème, un trou, une tâche, que sais-je ? Il s'interrompt.

Hervé : Qu'est-ce que j'ai fait ? Pourquoi vous souriez ?

Lounès : Non rien ça va, t'inquiète.

Édouard : Continue, continue, c'est des conneries.

Hervé ne peut reprendre le déroulé de la séance, les autres attendent.

Hervé : Qu'est-ce que j'ai dit ?

Édouard : Mais c'est rien je t'assure, t'as juste un cheveu posé là, sur toi, et je pense pas que ce soit le tien, il est blond.

Lounès pouffe de rire, jusque-là il n'osait pas entrer dans l'histoire, mais la réponse d'Édouard est une porte qui s'ouvre, il s'y engouffre, il parle très vite.

Lounès : Oui, un cheveu long, elle est blonde ta femme ? Qu'est-ce que tu as fait ce matin ? Tu l'as prise dans tes bras, viens là ma chérie que je t'embrasse ?

Édouard : Tu l'as serrée contre toi ?

Lounès voit tout, il met en scène les dernières secondes d'Hervé avant son départ, ces secondes suspendues où sa compagne s'approche de lui, pose nonchalamment la tête au creux de son épaule et l'embrasse dans le cou, mon amour, mon amour, à ce soir, c'est comme ça que ça s'est passé, il en est sûr, c'est comme ça que ça se passe quand on est dehors.

Le 23 mai au matin, ce n'est pas tant la lumière s'immisçant dans la cellule qui rend compte d'un jour nouveau, mais les bruits qui succèdent à la nuit, l'eau coule, les voix recommencent à appeler, derrière la cloison, on se racle la gorge, on tousse, on pisse, on écoute la musique. Édouard se réveille vers six heures, comme s'il enchaînait une nouvelle journée sans la fragmentation de l'obscurité, putain j'ai pas fermé l'œil. Il a l'impression de poursuivre sa réflexion là où le sommeil l'avait interrompu sans qu'il s'en aperçoive, ce soir je devrais dormir chez moi. S'il appréhende tant la sortie, c'est que les autres ne se sont jamais passées comme il les a imaginées. Il ne retrouve plus les choses ni les personnes telles qu'il les a laissées. On a vécu sans lui, pris des petits déjeuners sans lui, des apéros, des repas sans lui, le soir, le midi, le dimanche en famille, sans lui on a dormi, regardé de nouveaux films, écouté de nouveaux interprètes, de nouvelles chansons, il n'a pas fredonné les airs qu'il préfère chez lui, chez ses parents, il n'a plus refait le lit à sa façon – juste remonter la couette et l'affaire est pliée alors qu'on lui a dit cent fois, tu dois tirer le drap et la housse, taper sur les oreillers et les disposer sur la couette, pas dessous –, non chaque fois qu'il revient, il ne sait plus comment faire le lit, il contraint son geste, il calcule, surtout n'énerver personne les premiers jours, on s'est habitué à ne plus sentir son odeur aller et venir, à ne plus s'apercevoir, pendant toute cette période, qu'il a encore oublié de faire disparaître la mousse de savon et ses poils au fond de la baignoire, de jeter le carton du papier toilette alors que c'est lui qui a terminé le rouleau, on ne s'est plus agacé de ce qu'il replace toujours l'allumette qu'il a grattée dans la boîte, il découvre qu'on a changé de marque de yaourts, de coupe de cheveux, qu'on ne parle plus à Mme Roux du troisième étage à cause de lui, finalement sa présence passée disparaît quand il revient, il ne reprend pas où il s'était arrêté, il ne rattrape rien, il doit tout recommencer comme si rien n'avait eu lieu.

– Quand tu reviens tu es encore en prison. Tu ne sors pas en un jour, tu sors sur un temps long. Tu sortiras longtemps. Jusqu'à quand ? Cela varie en fonction de la longueur de ta peine, en fonction de ce que tu as ressenti dedans par rapport à ceux qui étaient dehors, imaginer ce dont tu n'es pas certain, imaginer peut-être le pire. Que font les autres sans toi ? Que disent-ils de toi ? Qui rencontrent-ils que tu ne connais pas ? Que trahissent-ils ? Car forcément ils en viendront bien à trahir, obligés pour supporter. Pour ne pas vieillir comme toi tu as vieilli. Qu'est-ce qu'il va encore se passer ce soir quand je serai rentré ? Et les jours suivants ?

Sa première sortie était belle, la façon dont il l'a apprise, comment ça s'est passé, il en garde un agréable souvenir. Trois mois après son interpellation. C'est l'été. Fin d'après-midi. Il fait chaud. Fenêtres ouvertes, il y a du bruit, celui habituel des détenus qui se parlent-crient d'étage en étage, de cellule en cellule, mais aussi le bruit du dehors, la rue n'est pas loin, les voitures freinent, accélèrent, klaxonnent, des hommes et des femmes passent devant la prison, parlent eux aussi, crient pour être entendus, de là où ils sont, par leur fils, leur frère, leur mari ou leur amant, ils grimpent sur la colline la nuit et envoient des signaux lumineux pour entrer en contact.

– Et si tu as la chance d'avoir la fenêtre qui donne sur la colline, tu peux communiquer, même le jour tu peux. La première fois j'entends qu'on crie dehors plus que d'habitude, très loin, bien au-delà de l'enceinte, j'entends le cri, je n'entends pas ce qu'on crie, j'entends pas que c'est moi qu'on appelle, j'entends pas mon nom, seul le cri, perçant, aigu, un cri de femme, ma femme, Nath, elle hurle mon nom. Chéri-Bibi réagit, oh mais t'entends pas qu'on t'appelle ? On m'appelle, moi ? Qui m'appelle ? Je m'approche de la fenêtre et je la vois, elle remue ses bras, ses mains, tu sors, elle me dit, tu sors, je ne comprends rien, je sors ? Je fais des gestes pour être sûr de bien la comprendre, la tranche de ma main droite martèle à plusieurs reprises l'intérieur de la gauche, je sors ? Je sors ? Et ouais tu sors, gueule le mec d'en dessous, tu sors à six heures t'es sourd ou quoi ?

Deux heures plus tard, Édouard se retrouve dehors. L'avocat avait déposé une demande de liberté provisoire, elle avait été acceptée, toute la famille l'a su avant lui, on prévient Nath qui vient donc le chercher pour le conduire chez ses parents.

– Quand je sors cette fois-là, les changements ne sont pas visibles. Trois mois, il se passe presque rien, personne n'est mort, c'était le début, je n'avais encore rien accumulé, à ce moment-là, je pense même que je n'y retournerai plus. J'ai hâte de raconter ce qui s'est passé aux copains. À ma famille, je préfère pas, on a suffisamment échangé aux parloirs, ils ont vécu la peine avec moi, ils ont appris le fonctionnement de la prison, ses obligations, ses contraintes, les astuces. Ce que tu as ressenti, tu n'en parles pas, on a jamais beaucoup parlé de nous dans la famille, ou alors de ce qui est visible, mais de ce qu'on pense, de ce qui nous fait peur, ça jamais.

Dehors, il reprend très vite sa vie, c'est la seule fois où sortir ne dure pas, tout le rattrape, tout redevient comme avant. Il s'ennuie, il veut à nouveau tenter sa chance. Sans ce grain de poussière qui a brouillé le mécanisme, tout aurait fonctionné comme prévu, il aurait connu son premier grand coup, il suffira de mieux calculer pour réussir là où il avait échoué, il ne se fera pas arrêter, ça marchera, il en est convaincu et même si le risque existe, il ne le nie pas, il préfère se mettre en péril plutôt que travailler comme une bête chez Mécanocity, le garage où son père lui a obtenu une promesse d'embauche, ça l'assomme, dit-il, de se lever si tôt et de rentrer à point d'heure, les mains dans le cambouis, les odeurs de graisse, de pneus et pour récolter quoi ? À peine un smic. Il veut gagner plus, comme les autres dans le quartier, il les écoute parler de leurs affaires, affirmer que ça peut se faire *fingers inze nawze*.

– On dit toujours ça. Risque zéro. Moi, je voulais voir les choses en grand, la détention ne me faisait pas peur, je pensais savoir comment l'éviter, j'avais des certitudes, au pire ce ne serait pas différent de la première fois, j'avais survécu, je me disais que ce serait une parenthèse comme ça l'avait été, je me poserais. Tu ne parles pas de la même façon à vingt et à quarante ans. Plus tard, tu refuses d'envisager de tomber, mais entre le premier et le deuxième séjour, tu n'as rien appris, tu n'as pas conscience que tu entres dans un cycle et que toute ta vie il s'agira d'éviter la case prison, être vigilant, traquer le moindre indice qui pourrait te faire basculer, tendre l'oreille et regarder autour de toi, j'ai appris à écouter et à regarder, mes sens se sont éveillés comme jamais car tout était risqué. J'ai appris à ne plus dormir en paix.

Et même dedans où il est moins exposé que dehors, il continue à appréhender le petit matin, quand on tambourine à la porte à six heures pétantes, police ouvrez, c'est une habitude encore tenace, ça ne s'oublie pas. Ses nuits sont fragmentées entre les heures où il s'autorise à fermer les yeux et celles où il sait rester vigilant, comme un réflexe faisant de son intranquillité un état permanent.

– Oui j'appréhende. Ne plus être capable d'interrompre le cycle. Tombé cinq fois. Quinze années d'incarcération en tout. Quinze ans, l'âge adolescent. L'âge de mon fils. Pourquoi je pense à ça, à ce moment-là ?

Clac clac. Clés, serrure, la porte s'ouvre, Bonnefoy, tu sors aujourd'hui, sois prêt à seize heures, après la promenade. Ce n'est pas Carolina Klüft ce matin-là qui est de service, c'est Taye Taiwo, Édouard ne connaît pas son nom, mais on l'appelle comme ça ici, détenus et surveillants. La ressemblance physique avec le défenseur nigérian, en dehors de sa taille et de sa carrure imposante, n'est pas flagrante, mais le nom est venu spontanément. Si on ne connaît pas l'identité de l'homme noir, on pense qu'il suffit de le désigner par le nom d'une autre personne de la même couleur de peau pour faire comprendre de qui il s'agit. C'est facile et pratique, c'est un réflexe, on ne réfléchit pas. Ici comme ailleurs. Comme ce que l'on nomme communément l'accent africain, on pourrait tout autant identifier un mélange d'accent asiatique, bourguignon et belge, mais on est formel, *c'est ça l'accent africain*. Mais de quelle Afrique parle-t-on ?

Ce matin, la présence de Taye Taiwo l'insupporte. Qui est-il pour me dire tu ? Édouard aussi le tutoie, mais ce n'est pas pareil pense-t-il, il fixe l'homme et se dit qu'il vaut mieux que lui, que quand il sera dehors il gagnera cent fois plus, qu'il a déjà gagné comme jamais le Taiwo ne gagnera de toute sa vie, mais là, précisément, il sent que l'autre est au-dessus, c'est lui qui a l'uniforme, lui qui ouvre la porte et laisse sortir. Sans réagir à ce que le surveillant considère comme une bonne nouvelle, Édouard ne le lâche pas du regard, il a envie de le détruire, il se sent humilié d'être sous sa responsabilité, ce mec, il ne le remarquerait même pas dans la rue, qu'est-ce qu'il fout là avec son porte-clés ? Il le soupçonne d'avoir choisi ce métier pour dominer les hommes comme lui parce qu'il n'y a que comme ça qu'il peut y arriver, qu'avec le putain d'uniforme. Les mots de nègre et de singe se bousculent confusément dans son cerveau, c'est un ressentiment amassé depuis quinze ans qui en lui fait rage, il en veut au surveillant noir de ne pas être derrière les barreaux comme lui, il lui en veut de ne pas percevoir qu'on le manipule avec son salaire de merde en lui faisant croire qu'il ne peut rien espérer de mieux, de plus grand, de plus beau, Édouard est submergé, incapable d'interrompre le flux qui inonde son cerveau, ce con de Taiwo accepte tout sans se révolter et en acceptant il se croit autorisé à me trouver sympathique, à éprouver de la pitié parce que comme un con j'ai senti que c'était le seul à l'écoute et donc le seul à qui j'ai pu raconter que j'avais un fils qui grandissait sans père, que j'avais un père qui était certainement très malade et qui refusait de me voir depuis cinq ans, une femme qui s'est cassée avec un autre type, mais moi je n'en veux pas de sa pitié, il est rien pour moi, Édouard aurait voulu que le surveillant se taise, qu'il ne lui annonce pas sa sortie, qu'il retourne dans son pays, c'est ce qui lui vient à l'esprit maintenant, qu'il retourne dans son pays, au moins je serais tranquille, je ne me poserais pas toutes ces questions, il m'annonce que je sors et lui ne pense même pas à se sortir de là, à tenter comme moi de vouloir mieux, de réussir un peu sa vie, pour un temps au moins, éviter de traîner une vie de merde toute sa vie.

– Non ce n'est pas raciste, on parle juste comme ça dedans, quand on appelle la surveillante Carolina Klüft parce qu'elle est blonde aux yeux bleus et qu'elle se coiffe comme elle, on dit pas que c'est raciste, alors pourquoi Taye Taiwo ça le serait ?

Cette question du racisme, Édouard ne sait pas comment y répondre depuis qu'il est en captivité, il l'est, il ne l'est pas ? Il ne supporte pas ceux qui proclament spontanément ne pas l'être.

– Ceux-là ne vivent pas en prison, ni là où ça brûle, ceux-là prétendent connaître sans avoir rien connu. Ils disent savoir mais ne savent pas, c'est facile dans ce cas de ne pas l'être et ils te donnent des leçons, ils te font comprendre qu'avec leur culture, c'est eux qui raisonnent, eux qui savent comment réfléchir, moi je respecte ceux qui ne sont pas racistes et qui vivent en prison ou dans les quartiers sensibles, c'est comme ça qu'on dit ?, eux, oui on peut dire qu'ils ne le sont pas, qu'ils ne le sont vraiment pas.

Pour évacuer la question, parce qu'il ne veut pas perdre pied, il y répond en plaisantant, si je suis raciste ? Un jour oui, un jour non. Il regarde, il observe, il fait les comptes. Il trouve qu'*il y en a* de plus en plus en détention.

– Quand je suis rentré la première fois, on ne *les* voyait pas, je dis pas qu'il n'y en avait pas, mais ça ne m'avait pas frappé, je dirais presque qu'on était entre nous et puis je *les* ai vus arriver au même rythme que ceux qui me ressemblaient disparaissaient. Et moi j'étais toujours là. *Ils* devenaient mes nouveaux compagnons, je devenais le leur, pourtant on était vraiment différents, y'a pas photo et puis *ils* deviennent surveillants, directeurs, infirmiers, intervenants extérieurs, psys, mais où on va ? Je suis pas arabe, je suis pas noir et comme *eux* je reste là.

C'est cela qui le tiraille, cette ressemblance incontestable, cette fraternité involontaire, ce point d'union malgré tout ce qui le sépare de ceux qui ne seraient pas français, selon ces paroles répétées qui sonnent faux dans sa bouche. Il sait très bien que ceux qu'il nomme *étrangers* ne le sont peut-être pas, que les écarter ne le rassure que ponctuellement, je ne suis pas comme *eux*, je ne suis pas comme *eux*, mais souvent, quand sa révolte retombe, quand il entrevoit une lueur d'espoir et que sa lucidité l'éclaire à nouveau, il ne parvient plus à lutter, je suis comme *eux*, ce sera différent dehors, mais ici je suis comme *eux* et à certaines heures, il oublie les distances qu'il s'impose, il se rapproche *d'eux*, ils se rencontrent, ils sympathisent, ils rient beaucoup ensemble, mais *ceux-là* c'est pas pareil, essaie-t-il sans grandeur de se justifier, ce n'est pas pareil, ce sont des gens bien, des gens comme nous.

Le surveillant baisse les yeux et referme la porte. Richard semble plus heureux qu'Édouard de la bonne nouvelle. Il le félicite comme il se doit – c'est la tradition, ici, on félicite celui qui va sortir pour avoir tenu, avoir franchi une nouvelle étape, on le félicite pour ce qui l'attend dehors, c'est une promesse d'avenir, un espoir de se retrouver, comme d'autres espèrent se retrouver au paradis, félicitations de sortir et merci de me rappeler que je sortirai également, félicitations mec –, il lui tend un café qu'il a lui-même préparé, un bon caoua, cantiné à prix d'or, pas comme celui qui est servi ici, tantôt de la pisse d'âne tantôt du fiel à réveiller les morts, imbuvable pour ceux qui, comme eux, sont installés. Édouard réagit à peine, juste un merci amigo et c'est tout, ce matin-là il ne parle pas, il replonge dans ses pensées en se brûlant la gorge, Richard le sait, observe son silence, il en connaît la nécessité.

Et tu vas faire quoi, maintenant ? Une question qu'Édouard a entendue à chacune de ses sorties. Tu vas faire quoi ? Parce que maintenant, il va falloir que tu trouves. On ne nomme pas précisément. On induit l'idée que la seule solution pour ne pas retourner en prison est le travail, tu vas faire quoi ? Trouver quelque chose, on suggère, mais on attend de lui des réponses claires, des noms concrets de métiers, on a des idées, on a travaillé à sa réinsertion, on a peut-être des pistes, le travail surtout le travail, c'est ça que ça veut dire tu vas faire quoi ?

– Mais c'est pas tout, si on te pose cette question, c'est pour savoir si tu vas continuer comme avant, la violence, les combines, les affaires, là encore on emploie des mots en ignorant ce qu'ils recouvrent, on sait seulement que ce n'est pas honnête, légal, qu'il y a des risques, que tu as une épée de Damoclès au-dessus de la tête, tu le sais aussi, mais comment interrompre le cycle ? Quand tu entres en taule, il y a un goût d'inachevé, t'es pas allé au bout, on a interrompu ce que tu avais entamé et qu'est-ce qu'on fait quand on a échoué ? On essaie à nouveau, une fois, deux fois jusqu'à décider d'abandonner, se ranger, ça veut dire, alors qu'on a vieilli en prison. Cinq fois, c'est le maximum, sinon ça signifie que tu n'as rien compris, que tu n'es pas un grand.

Un grand ou un gros, c'est pareil. Lors des dernières gardes à vue, on finit par lui parler autrement, en prison aussi. Le respect s'installe entre la première et la cinquième incarcération. Il en ressent une certaine fierté, comme une sorte de reconnaissance.

– Je suis désolé, mais c'est vrai, tu sens que tu es considéré, même au moment de sortir, je préfère avoir été un tchoutchou comme on dit, les tchoutchous, c'est-à-dire les gros ou les dangereux. On avait souvent un étage pour nous. À Salon c'était au troisième, il y a surtout des surveillantes à cet étage-là, on aimait ça, nous, et elles aussi, elles savent qui on est, on les a briefées, mais elles préfèrent car en bas ce sont les petites frappes et c'est le bordel, les incivilités, nous ce n'est pas pareil. Au début tu sens qu'elles te saluent en pensant à tout ce qu'on leur a dit, pourquoi on est là, ça se voit et puis petit à petit on sympathise, c'est le privilège. Être, avoir été, un tchoutchou, plutôt qu'un minable, un mec malhonnête dans son travail, non, j'ai aimé en garde à vue et devant le juge d'instruction qu'on ne s'adresse pas à moi comme au premier venu, le petit voleur, petit dealer, les merdeux, la racaille, ils s'en foutent de ça, ce qu'ils aiment c'est les gros coups alors quand ils en tiennent un, eux aussi sont fiers, ton nom s'inscrit sur leur carte de visite et là ça devient une partie d'échecs entre ceux qui t'interrogent et toi, on a chacun notre intérêt, qu'est-ce qu'on va lâcher (eux comme moi), qu'est-ce qu'on va garder (eux comme moi), il faut durer un peu, répondre à leurs questions par des questions afin de savoir ce qu'ils savent vraiment, surtout ne pas tout nier comme le font les jeunes, j'ai rien fait, j'ai rien fait, c'est pas moi, tu dois leur donner des bribes, même si ce n'est pas vrai, donner pour les amener là où ils croient devoir aller avec toi, on parle entre hommes, les laisser croire que tu lâches le morceau, ils t'en sont reconnaissants, mais pas plus tranquilles pour autant, il y a toujours le doute, ils doivent vérifier, ils ont envie d'y croire, mais le doute les empêche d'en avoir fini avec toi et c'est ça qui nous lie, qu'est-ce que tu peux encore leur dire ? Apprendre à se connaître avec ce qu'ils savent de toi et ce qu'ils envisagent, rester dans l'attente, jouer des silences avec eux, déplacer des pièces, en perdre quelques-unes pour en gagner de plus importantes, le sacrifice du pion pour prendre la dame, tu connais ?

Ce n'est pas un hasard ni une formule quand Édouard se réfère ainsi aux échecs. Il a découvert le jeu grâce à un détenu singulier, responsable de la bibliothèque, qui jouissait d'un certain charisme auprès de ses pairs et du personnel pénitentiaire. Une figure qui a passé plus de vingt-cinq ans incarcérée. Édouard comme bien d'autres est tout de suite intrigué par l'homme, attiré, il lui semble inconcevable que celui avec qui il s'entretient régulièrement, droit, leste, la parole déliée, ait l'âge de son père dont les cadences exténuantes des trois-huit, les poussières d'amiante et les blessures à l'usine ont accéléré le vieillissement. Poussant sa réflexion, il se dit que la prison conserve, on n'est pas soumis à la même épreuve, c'est curieux de raisonner ainsi, mais il y a une plus grande liberté, ici, à le laisser au repos, ne pas sentir le dos endolori, les membres alourdis par l'effort physique répété. Le vieil homme magnifique lui parle des échecs, le seul jeu où l'on apprend par la défaite, il explique les rudiments, propose d'emprunter un manuel d'initiation dont Édouard n'aura de cesse de prolonger la date de restitution. Il plonge dans le livre au point d'en être obsédé, dessinant lui-même un échiquier sur une feuille, utilisant la salière pour le roi, la poivrière pour la reine, les mies de pain moulées pour les pions, il joue et rejoue seul puis il explique à son tour à des détenus les règles pour pouvoir affronter un autre que lui-même, il se livre aussi en expert à des surveillants férus du jeu, après avoir perdu une fois, deux fois, il réussit à obtenir une partie nulle et devient imbattable. Les échecs sont entrés dans sa vie par hasard, et le suivent dans ses gardes à vue, ses procès, ses demandes de liberté conditionnelle, il tend toujours à être, dans la mesure du possible, un, deux ou trois coups en avance quitte à y laisser des plumes, à perdre un peu pour gagner beaucoup.

Tu vas faire quoi ? Revient, encore ce matin-là, l'implacable question. Voilà qu'il se met lui-même à se la poser désormais. Sommer de se projeter, de savoir.

– Quand tu rencontres quelqu'un que tu n'as pas vu depuis un moment, tu lui demandes pas : tu vas faire quoi ? Tu lui demandes : tu fais quoi ? Au présent. Mais avec ceux qui sortent ou qui envisagent de sortir, on emploie toujours un drôle de futur, sans avenir, sans certitude, un futur qui ne te laisse pas le choix, qui ressemble au présent, tu peux même croire que c'est le présent, tu vas faire quoi ? Mais tu prends conscience que c'est un peu plus, c'est un ordre en fait, c'est immédiat, plus restreint, ça te ramène à un autre présent que tu ne reconnais plus, qui te glisse entre les doigts quand tu sors. La prison nous en a lavés, désinfectés, vaccinés, on doit le réapprendre et on le fera que lorsqu'on se cognera à nouveau à lui, qu'on se blessera s'écorchera saignera, mais il y a toujours ce moment où le présent est étranger, ça ne dure pas parce qu'en liberté on te le renvoie vite en pleine gueule, et tu comprends que sortir de prison n'est qu'une illusion. Tu ne sors pas, tu sortiras toujours, c'est ça finalement l'application de nos peines.

Bien sûr quand il fait le bilan, c'est cher payé, mais, ce matin du 23 mai, ce qui atténue son amertume, ce qu'il trouve essentiel même, ce sont toutes les tentatives qui ont réussi, il faut parfois voir le verre à moitié plein plutôt que vide, songe-t-il, c'est facile à dire, certes, mais en cet instant il a envie de se laisser gagner par ce mouvement positif, il en ira peut-être tout autrement plus tard, ça va, ça vient, il mesure ainsi que cinq incarcérations, ce sont dix, quinze qui n'ont pas eu lieu.

– Une période de quelques années, de quelques mois, où tu ne manques de rien, tu vis à cent à l'heure, c'est irremplaçable, aucun métier, aucune vie de famille ne peuvent te le permettre, tu te dis ah je suis bien, j'ai eu du cul, j'ai enfin eu du cul pour une fois, passer à travers toutes les mailles du filet, alors là oui tu n'as plus envie de retourner en prison, parce que tu commences à te comporter, pas comme un bourge, mais enfin tu commences à prendre un peu tes aises, voilà, tu te fais plaisir, tu fais ça, tu fais ci, tu as enfin la maison que tu veux, tu as enfin le train de vie que tu veux, ne plus regarder ni compter, bizarrement tu te mets à fréquenter d'autres personnes, tu vois plus trop les fadas, t'en as plus besoin donc tu te mets à fréquenter des gens fréquentables, tu ne t'en aperçois pas, mais finalement tu rentres dans le moule, tu n'as plus rien à imaginer pour obtenir le droit d'être libre.

Pour bénéficier d'une liberté conditionnelle, il faut, en plus d'autres garanties, une promesse d'embauche. Grâce à ses nombreuses connaissances, grâce à un important réseau, Édouard en a obtenu à chacune de ses demandes. Le juge peut parfois émettre des doutes, mais face aux signatures, aux contrats, il ne peut rien. Nombreux sont ceux qui sont d'accord pour l'embaucher, là encore c'est donnant donnant, on lui signe un contrat et il s'arrange avec celui qui l'a fait signer, chacun doit y trouver son compte. En 1998, il sort sur une promesse d'embauche factice.

– C'était faux, mais tout était en règle.

C'est une petite entreprise de peinture, le patron qui est un ami d'amis le déclare, lui verse un salaire et Édouard le rembourse en liquide. Il n'y met jamais un pied, jamais un pinceau ni un rouleau dans les mains, il gagne bien plus en un jour que ce qu'il aurait gagné en un mois. En revanche, il doit se présenter toutes les quinzaines, avec sa fiche de paie, auprès du juge d'application des peines pour faire le point, et là il ne faut pas se manquer. Il a donc acheté, pour l'occasion, un pot de peinture : avant d'aller retrouver le juge, il trempe ses mains dedans puis les lave, tout en veillant à laisser des traces sous les ongles, il enfile ensuite de vieux habits qu'il tache très méthodiquement, et pour parfaire son rôle, avec une passoire il projette sur son visage, d'un mouvement sec, des gouttelettes de peinture afin qu'on ne puisse pas douter de son nouvel emploi et de sa réinsertion. Et cela marche. Un jeudi sur deux, il se présente ainsi au juge d'application des peines.

JAP : Alors monsieur Bonnefoy, ça gaze la peinture ? Ça vous plaît ? Vous êtes en plein chantier, je remarque. Je vois que vous êtes sérieux, c'est bien, ça prouve que vous êtes capable de repartir du bon pied, ça doit vous rendre fier parce que ce n'est pas facile de repartir après des années de prison, vous le savez mieux que moi, mais l'effort, monsieur Bonnefoy, l'effort vous permet de vivre en paix et de vous regarder dans une glace sans trembler et pour nous, la justice, ça veut dire une réinsertion réussie, vous n'êtes pas d'accord ?

Édouard : Oui, oui, monsieur le juge, c'est sûr ce n'est pas tous les jours évident, je ne vous cache pas, le travail il faut se réhabituer, mais je m'aperçois que j'arrive à donner du sens à ce que je fais, c'est nouveau pour moi.

Nouvelle agitation de clés dans la serrure. La porte s'ouvre pour la promenade du matin. Richard ne descendra pas, il répond à Édouard qui s'en étonne qu'il n'a pas le temps, il doit préparer leur repas d'adieu.

Édouard : D'au revoir pas d'adieu.

Richard : Au revoir, adieu, c'est presque pareil.

Édouard : Pas vraiment.

Richard : Si tu le dis.

Il se rend donc seul pour ce qui est certainement l'une de ses dernières promenades, avec encore une fois le sentiment d'arriver à la fin ou au début d'une étape essentielle de sa vie.

– Richard, c'est pas n'importe qui. C'est un bonhomme. Ce qu'il a fait est énorme, je suis pas sûr d'en être capable. J'aimerais. C'est moi qui suis arrivé dans sa cellule, il savait qu'il y aurait un nouveau, on l'avait prévenu, il avait demandé ne me mettez pas un déglingos, et c'est vrai que l'administration pénitentiaire, en principe, ils regardent les profils, mais bon quand y'a plus de place, y'a plus de place et donc c'est moi qui arrive, j'entends encore sa voix aiguë, on dirait qu'il parle entre ses dents sans ouvrir la bouche, c'est qui ? Je me présente, on fait connaissance et tout de suite on se trouve. Un mec comme j'en ai pas rencontré souvent, c'est simple y'a Lounès et y'a lui, il y en a d'autres que j'aime bien, que j'ai revus dehors, que je reverrai encore, mais Lounès et lui c'est un cran au-dessus. Richard, il est en prison pour rien.

Cela n'est pas tout à fait exact. Même si contrairement à ses deux incarcérations précédentes, pour escroquerie en bande organisée, il peut paraître innocent aux yeux d'Édouard. Voici les faits : une nuit, le fils de Richard tue un homme à la suite d'une rixe, il appelle Richard qui arrive aussitôt et prend les choses en main. Il enveloppe le corps d'une couverture, le charge dans le coffre de sa voiture et tous les deux vont l'enterrer dans un lieu isolé, au fond d'une forêt. Il faut imaginer le père et le fils à l'ouvrage, le père secourant le fils coupable, le fils, profil bas, mesurant la gravité de ce qu'il a fait et surtout de ce qu'ils sont en train de faire. Mais qu'opposer à un père qui sait forcément comment agir en pareilles circonstances ? Le fils se tait, il n'a jamais eu autant besoin de Richard, il ne l'a jamais vu s'occuper autant de lui, se donner tout ce mal pour lui. Mais l'enquête progresse vite et le fils est placé en garde à vue, il avoue son crime, il avoue le déplacement du corps, l'enterrement avec son père. Richard, à son tour, est interpelé à son domicile, décidément son enfant n'a rien dans le citron, pense-t-il. En se rendant au commissariat il n'a qu'une seule idée en tête, avouer le crime.

Richard : C'est moi qui l'ai tué, moi qui l'ai enterré, mon fils raconte des conneries pour me sauver, il se dit qu'à mon âge je ne supporterai pas la prison, mais j'assume, je suis le coupable.

Juge d'instruction : Je ne suis pas dupe, monsieur Molina. Ce n'est pas vous, je ne vous crois pas.

Richard insiste, on le coffre. Il préfère être mis sous écrou une troisième fois plutôt que son fils le soit pour la première. Mais ce dernier, au fil des parloirs, rend son père responsable de la situation, il lui reproche d'avoir profité de son état d'égarement après le meurtre, de lui avoir imposé de le suivre dans cette folie, faire le métier de fossoyeur, creuser à eux deux la terre, enterrer un homme, rester avec ce secret et cette terre sous les ongles qu'il met des jours à faire disparaître et même si inévitablement elle disparaît, il continue à récurer ses ongles à longueur de journée avec ses dents, ses clés, tout ce qu'il trouve, une fourchette, un couteau, un fil électrique, mais ses mains restent sales lui répète-t-il, tu comprends ?, sales, et c'est toi qui les as salies, tu es tranquille en prison, lui passe des heures à essayer de faire disparaître cette boue, il n'y parvient pas, un père doit réfléchir, il n'agit pas ainsi, c'est son propre fils qui le lui dit, qui lui fait la leçon. Ce qui devait les lier à jamais les sépare, le fils ne vient plus le voir ou plutôt Richard lui demande de ne plus venir, il ne se sent pas la force d'en entendre davantage.

– Quand je dis qu'il est ici pour rien, c'est vraiment pour rien. Contrairement à Raymond-le-Scieur, il a rien fait, bon il a déplacé un corps, c'est sûr, mais il l'a pas découpé en morceaux, il a tué personne, c'est pas lui. Tout ce qu'il a fait pour son fils cet homme. Et puis il se retrouve seul avec les mots assassins que ce merdeux lui a balancés, des coups de couteau, je ne sais pas comment il a réussi à tenir debout.

Dans la cour, il y a ceux qui attendent comme ils attendent en cellule et il y a ceux qui s'activent, profitent de ces minutes pour s'adonner à des exercices physiques – pompes claquées, gainages dynamiques, tractions – ou aller vers les autres, se renseigner, demander des comptes, échanger autour des fameux avis à partie – qu'on prononce *villaparties* avec l'accent – où Édouard fait figure de référence en matière de conseil juridique. Les avis à partie sont les conclusions de l'instruction que le détenu reçoit en prison. Tout y est consigné, il découvre ainsi ce qu'il s'est dit, ce qu'il a avoué, les noms de ceux qui ont parlé, ce qui provoque souvent des règlements de compte.

– En promenade, on se prend tous pour des baveux, des avocats, si tu préfères. Et comme eux, quand ils regardent les *villaparties* des uns et des autres, ils te conseillent, te disent comment ça va se passer, y'a rien dans ton dossier, c'est bon ou oh putain le chien il a dit ça, faut pas laisser passer, lui on va le coincer, on va lui faire sa fête.

Certains n'osent pas montrer leurs avis à partie parce qu'ils contiennent des déclarations qui pourraient les mettre en délicatesse, ils prétendent alors ne pas les avoir reçus ou les avoir oubliés en cellule ou affirment que vraiment il n'y a rien dedans, je t'assure, c'est vide. Très vite ceux-là deviennent suspects, ce sont de potentiels poukaves, tu as quelque chose à te reprocher que tu ne veux pas me montrer ton *villapartie* ? Ce jour-là, Édouard n'est pas vraiment disponible pour en consulter, trop pressé par l'enthousiasme des uns et des autres qui ont appris la nouvelle de son imminente libération et tiennent à le féliciter.

Quand il remonte, une odeur du dehors le guide jusqu'à sa cellule, une odeur qu'il n'a jamais sentie ici, une odeur qui aussitôt le renvoie à sa mère quand elle cuisine un rosbeef piqué d'ail et saupoudré d'herbes de Provence, cette odeur le porte, putain, mais je rêve, deux verres de médoc et une côte de bœuf sont posés sur la table, Richard, goguenard, l'accueille par un *Monsieur est servi*. Depuis que la libération d'Édouard est devenue une question de jours, il a négocié assez cher la viande et le vin avec Jésus de Nazareth – la trentaine, blond, cheveux longs, forcément –, un surveillant complice, il ne concevait pas de ne pas être à la hauteur pour ce dernier repas. Les deux hommes ont naturellement décliné les plateaux sans saveur que le gameleur leur a proposés, *nous on mange au Ritz aujourd'hui, excuse-nous.* Ils mâchent lentement chaque fourchetée, espacent les gorgées de rouge qu'ils gardent quelques secondes en bouche pour mieux en distinguer les arômes, le tanin, ils parlent beaucoup, retracent toutes ces années de vie commune, les habitudes, ils ont appris à sentir leur présence respective, respirer leurs odeurs, leurs parfums, percevoir en silence les coups de cafard de l'un, les frustrations de l'autre, ils ne parlent pas du présent, ils le sautent, ils parlent d'avenir, des heures qui vont suivre, des années et enfin de cette seconde qui les réunira à nouveau.

Richard : Ce n'est pas pour tout de suite. J'en ai encore pour un moment à moisir ici.

Édouard : Tu ne moisiras pas.

Et là, en cet instant, en cet instant précis, ça ne dure pas, mais ils se sentent heureux, il n'y a pas d'autres mots, une sorte de summum qu'ils atteignent ensemble avant de très vite passer à autre chose et d'être seulement bien, ce qui n'est déjà pas si mal, mais le bonheur, oui, ils viennent de l'éprouver tous les deux. Édouard est repu, il sommeille la main sur le ventre, depuis sa couche il s'étonne que Richard soit resté attablé au lieu de faire la sieste comme lui, j'écris mon courrier, lui répond-il. L'après-midi, il ne veut toujours pas descendre en promenade.

Édouard : Ma dernière promenade, allez viens, amigo.

Richard : Non c'est impossible, désolé, je dois voir Jésus par rapport à la côte de bœuf, un dernier détail à régler avec lui.

Édouard : Je participe.

Richard : Jamais de la vie. C'est un cadeau.

Quand Édouard remonte de promenade pour la dernière fois, quand pour la dernière fois on lui ouvre la porte, Richard n'est pas à sa place. C'est simple, dans la cellule, on est soit sur le lit, soit assis à la table, il n'y a pas d'autres possibilités. Le regard d'Édouard est habitué, Richard n'est pas là. Il flotte au-dessus, suspendu à un drap attaché à la patère qu'ils ont posée ensemble. Richard putain, Richard est en haut, Édouard l'empoigne, le serre entre ses bras, il sent tout son corps basculer contre le sien, glisser sur lui, putain qu'il est lourd ce con, en glissant il emporte Édouard qui ne desserre pas l'étreinte, les voilà désormais embrassés au sol, ils sont rejoints par les surveillants, les détenus restent à l'entrée, ça y est toute la prison est au courant, Richard du bâtiment B s'est pendu. Édouard répète son nom une fois, deux fois, Richard, Richard, une claque et c'est tout, il abandonne, il sait que c'est fini, ce n'est pas la peine de gueuler, ça ne gueulera jamais assez fort, il se redresse et s'assoit sur le lit, les coudes sur les genoux, la tête entre les mains, il n'entend pas le bruit des pas, des clés, il n'entend pas l'envahissement de la cellule, putain Richard, c'était pour ça le repas ? Le dernier repas ? Le vin ? Le courrier pendant que je faisais la sieste, c'était pour ça ? Il n'y a plus rien, il oublie la sortie, on l'ajourne, il y a un suicide à gérer, la sortie sera pour demain, elle sera pour jamais, s'emporte-t-il, ça veut dire quoi sortir ? Qui va l'escorter, Richard ? Qui sera là pour l'accompagner ? Chanter pour lui ? À l'instant revient en sa mémoire un souvenir solennel qui lui avait tiré les larmes quand il était incarcéré à Borgo, il n'était pas le seul à avoir eu la chair de poule et les yeux humides, c'est l'été, la chaleur, vers dix-huit heures il entend des voix s'élever ou plutôt un chœur, ce n'est pas dans les habitudes, la beauté là où on ne l'attend pas et même ce terme de beauté, il ne peut pas l'employer, ce serait enfermer ce qui ne peut l'être et puis parler de beauté le rendrait vulnérable, il ne serait pas à la hauteur de l'événement vécu, un événement que peu de personnes, qu'elles soient dedans ou dehors, ont la chance de vivre en une vie. Un chœur de voix graves s'élevant de l'extérieur jusqu'aux cellules, emplissant la prison et l'ensemble des hommes qui la peuplent, un chœur de Corses au passé bien rempli qui accompagnent à leur façon l'incarcération d'un des leurs, un nationaliste, les voix entonnent les paroles du *Prisonnier* d'Antoine Ciosi, *Sò impregiunatu/E mamma si ne more/Perdona mi o mamma/Di fatti tantu male*, parce que cette chanson est leur hymne, leur *Marseillaise*, *L'Internationale* de tous les prisonniers qui s'adressent à leur mère, parce que c'est la dernière personne à qui ils peuvent s'adresser, la seule à qui demander pardon, *Elle qui n's'endormait jamais/Sans avoir imploré la Madone et les Saints/Elle qui avait tant donné/Pour qu'on dise plus tard, c'est un monsieur très bien.* Le souvenir lui arrache à nouveau des larmes onze ans plus tard, rien de tout cela pour Richard, aucun hymne, aucune escorte, juste le drap noué autour du cou et la chiffe molle de son cadavre qui prend une place énorme dans la cellule, obligeant Édouard à s'écarter. Il se plaque contre le mur du fond, il déplie et lit le mot qu'il vient d'apercevoir sur la table. *Mon Édouard de bonne foi, essaie d'être libre dehors, sois patient, ça viendra bien un jour. Moi j'ai compris que je ne le serai jamais. Tu es un mec bien, Tu dois en être convaincu autant que je le suis, Richard.*

Après la levée du corps, Édouard nettoie consciencieusement la cellule comme il l'a toujours fait chaque fois qu'il a dû en quitter une, pour une libération ou un simple transfert. Il aime que ce soit impeccable à sa sortie, que celui qui entre après n'y trouve rien à redire, il aime aussi connaître le détenu qui prendra sa place, son héritier, il prévient ceux qu'il estime pour qu'ils en fassent la demande, mais le ménage auquel il se livre, ce soir-là, n'entre pas dans la même routine, il se perd dans un tout autre espace dont il ne maîtrise plus les dimensions, son balai serpillère ne heurte pas les cloisons, il a l'impression qu'il pourrait étendre le bras à l'infini, traverser la cellule voisine et la suivante, il n'aurait pas assez de liquide dans le seau pour recouvrir toute la surface qu'il lui est donnée à nettoyer, il n'aurait jamais assez de temps pour en venir à bout, la sortie aurait forcément lieu avant qu'il n'accomplisse sa tâche, plus il s'escrime plus la présence de Richard est palpable partout où son regard se pose, le lit encore creusé, les verres dans l'évier, les miettes sous la table, la patère au mur qui a tenu bon, comment est-ce possible ? Les billets de cantines qu'il avait placés à l'intérieur du plafonnier afin de tamiser la lumière, les étagères qu'il avait fabriquées à partir des barquettes en plastique dans lesquelles on leur servait le repas, rien ne disparaît malgré les doses délirantes de détergent utilisées par Édouard pour en finir.

Sa dernière nuit n'existe pas. Il ne réfléchit pas, ne pense pas à Richard, ne revient pas en arrière comme s'il avait déjà tout épuisé. Rien ne lui semble suffisamment présent pour le maintenir éveillé, un grand vide en lui, aucune aptitude à émerger de sa torpeur, il sombre et dort comme un bébé. Au réveil, il décide de ne rien emporter. Ses habits, sa musique, ses effets de toilette, tout ce qu'il a cantiné ou fait rentrer, hors de question qu'il sorte avec. Et puis Richard. Brutalement Richard. Le vide en tête-à-tête. Pas de formules rituelles ce matin-là, salut mon ami, la nuit a été bonne ? Pas de sourire, pas de café. Disparu. Envolé. Seule l'odeur de Javel. Putain Richard. Une nouvelle fois, le surveillant noir vient lui annoncer sa sortie sans grande effusion, il sait ce qui s'est passé la veille, il sait ce qu'Édouard a traversé. Ce dernier le remercie et de l'annonce et de sa sobriété. Merci. Les deux hommes se regardent en silence. Édouard aimerait le serrer dans ses bras.

– En principe quand tu sors tu donnes un pull, un tee-shirt, des cigarettes, n'importe quoi, tu donnes parce que toi tu sors, t'en as rien à foutre, tu donnes à ceux qui restent, ceux avec qui tu as sympathisé, ceux qui en ont besoin, c'est le cadeau du sortant on peut dire, tu peux pas payer un coup à boire, alors tu donnes ce que tu as et qui peut faire plaisir.

Cette fois-ci, il ne s'agit pas d'offrir à l'un ni à l'autre, mais de tout abandonner, Richard est mort, il veut sortir libre comme l'air, les mains dans les poches, ne pas ployer sous le poids de sacs infâmes qui regorgent des cinq années passées ici. Avant sa dernière nuit, il a tout bien plié comme il a appris à l'armée et ce matin, sans réfléchir, il propose les bagages au surveillant, tu prends discrètement ce qui t'intéresse, il y a des marques, sers-toi et donne le reste à qui tu veux.

– Ça se fait pas ce que j'ai fait ce jour-là. On donne jamais ses affaires à un surveillant. Il y a des limites, il y a des principes, ce que tu laisses au surveillant c'est autant de moins pour ceux qui restent. T'es de quel côté ? Bon, pendant la détention, tu peux trouver un surveillant sympathique et lui servir un café dans ta cellule, ça s'est vu, même si ça peut t'être reproché, tu te disputes avec un mec et on te dit, non mais moi, je paie pas le café au surveillant, y'en a qui peuvent le faire, on n'osera pas leur reprocher, y'en a d'autres, il vaut mieux qu'ils se cachent. Mais les affaires, non, non, non, c'est impossible, comme eux ont des barrières avec nous, on a des barrières avec eux. Ce jour-là, plus rien, je peux pas dire ce qui m'est passé par la tête. Y'avait Richard, l'épuisement dans nos yeux, mal tous les deux et là moi, j'oublie tout comme si je prenais un sens interdit, c'est fou cette histoire. La mort de Richard m'a mis KO.

Avant d'être accompagné au greffe pour la levée d'écrou, il lui demande son nom, ton vrai nom, on t'appelle tous Taiwo ici, mais en réalité, c'est quoi ton nom, ton nom dehors, je veux dire ?

Au greffe, il récupère son pécule qui n'a de pécule que le nom tant la somme est importante en raison de différents mandats reçus, provenant d'origines diverses, ce n'est pas son année de travail comme auxiliaire préposé à la cantine qui a rempli son compte. Une telle activité en prison n'est rémunérée en moyenne qu'à hauteur de 28 % du smic.

– Et encore moi je n'étais pas à plaindre, j'en connais qui sont payé 20 % du smic. En fait souvent on est payé à la pièce, peu importe le temps que tu passes, c'est interdit en France, mais ça se fait en prison, comme on n'a pas de contrat de travail, nos droits ne sont pas toujours respectés. Je me suis renseigné et ici, la seule punition que prévoit la loi, c'est être privé de liberté, mais pour le reste on devrait avoir les mêmes droits que ceux qui sont dehors, les droits fondamentaux, santé, éducation, vie privée et familiale, sauf qu'avec la surpopulation, ces droits, tu les oublies et même si la France a été condamnée, ça change rien. En fait tout dépend de qui dirige l'établissement, ça varie de l'un à l'autre, en revanche les directeurs se battent tous pour avoir la plus grosse enveloppe budgétaire parce que plus on travaille, plus la prison est calme. Une arnaque autorisée dans un lieu où on est censé punir ceux qui ne respectent pas la loi comme nous, mais il n'y a pas de sanction pour les directeurs de prison et les ministres de la Justice qui ne respectent pas la loi. Tu te crois chez les fous.

Quand on lui a dit prépare tes affaires, tu sors dans une heure et qu'il a répondu tout est prêt chef, Édouard a prévenu sa sœur. À l'intérieur de la fente pratiquée dans le matelas, il a glissé son bras jusqu'au coude et récupéré discrètement le téléphone, il s'est couché par terre contre le radiateur en dessous de la fenêtre pour avoir du réseau et a appelé sa sœur, je sors dans une heure, tu peux venir ?

– Le téléphone, c'est facile, mais faut faire gaffe, surtout ne pas le cacher où les surveillants fouillent, les matons se sont fait une liste des cachettes les plus improbables et ils cherchent, ils démontent la cellule, à nous d'en inventer qui n'ont pas encore existé, innover sans cesse, moi, je l'avais donné au vieux de la cellule d'à côté, pépère, insoupçonnable, il ne sortait jamais et en échange je lui filais une cartouche de cigarettes, il cachait le tél et quand j'en avais besoin, le soir souvent, on utilisait le yoyo, deux coups à travers la cloison il allait le chercher, trois coups il avait le tél, je me mettais à la fenêtre et il me l'envoyait. Sinon, quand le surveillant ouvre trois portes à la fois, tu lui dis deux minutes, chef, je vais prendre le journal juste à côté, et à l'intérieur du journal il y a le tél, puis tu reviens, tu lui dis, surveillant j'ai pris le *Paris Match*, OK ? histoire de faire genre. Surtout ne pas te le faire passer par le vieux, il pourrait le faire tomber. Et puis un jour le vieux est mort alors je me suis débrouillé autrement, tu peux toujours te débrouiller si tu cherches.

Au greffe, on lui rend son pécule, sa chaîne en or et le billet de sortie sur lequel on lui demande de vérifier son état civil, son numéro de sécurité sociale qu'il a oublié, la somme d'argent qu'il a récupérée et l'adresse à laquelle il a déclaré loger à sa libération. Il sortira sans bagages. Il veut vivre dans un lieu nouveau. Avec qui ? Ça, c'est un autre problème. Son fils, bien sûr, mais de femme, à cette heure, il estime qu'il n'en a plus. Ce qu'on lui restitue aussi est un sac avec une boîte Tupperware, qu'est-ce que c'est ? C'est à moi ? Une boîte qui contient un reste de repas interrompu le jour de son interpellation, il y a cinq ans, il ne distingue aucun aliment, n'a aucun souvenir de ce qu'il mangeait alors, il discerne vaguement à travers la boîte une sorte de mosaïque qui a envahi les parois, une tache séchée de moisissure, il ne reste plus rien de comestible à l'intérieur, il ne veut surtout pas ouvrir, pourquoi me donnent-ils ça ? Ils croient vraiment que je vais le prendre ? Ils croient que j'en suis là ? À ramasser les restes d'il y a cinq ans ? Il refuse de saisir le sac, il glisse son billet de sortie et ses papiers dans la poche arrière de son jean, son argent à l'intérieur de sa veste et il sort. Dehors.

L'air chaud enveloppe Édouard, il éprouve une certaine gêne à percevoir son corps tout entier et non désuni comme c'était le cas dedans, persuadé qu'il ne ressentait, qu'il ne voyait que par fragments, qu'il y avait toujours un écran, un filtre, un obstacle qui empêchait d'être face à l'entièreté des choses.

– Pas de perspective en détention, je veux dire les perspectives sont limitées, il y a toujours une porte, des barreaux, une grille qui empêchent ton regard d'être libre, tu peux voir jusqu'à l'infini quand tu te mets à la fenêtre, par beau temps tu peux même voir la mer, mais toujours à travers un obstacle au premier plan qu'il te faut franchir. Je me souviens d'un gars qui se faisait bronzer quand le soleil entrait dans sa cellule, il prenait le soleil, et on se moquait de lui parce que, sans s'en apercevoir, c'est difficile à croire, il avait la marque des barreaux sur le visage, c'est ce que j'appelle les perspectives limitées. C'est pour ça aussi qu'on marche. Je ne sais pas à partir de quand le travail de la prison commence à prendre sur nous, au bout de combien de nuits. Je ne le vois, je ne le sens que lorsqu'il est bien installé, lourd sur nos épaules. Je le voyais sur Richard lorsqu'il faisait ses longueurs entre deux murs, dès qu'il trouvait un espace – même étroit – et qu'il devait attendre, mais qu'est-ce que tu as à marcher sans arrêt Richard ? je lui disais. Parce que tu marches pas, toi, peut-être ? il me répondait. Moi je marche ? En fait je faisais pareil mais je ne le savais pas.

Ils font instinctivement des allers-retours infinis, des va-et-vient incessants, confinés dans leur zone, ils pivotent, comme par miracle, juste avant le mur, et sans marquer de pause, ils amorcent, toujours sur le même rythme, la longueur opposée, comme un nageur dans une piscine olympique sans eau. L'enchaînement est parfait, rigoureux, inconscient, ils parcourent dès qu'ils peuvent, dès que c'est permis, des kilomètres et des kilomètres dans le même espace, devant la salle d'activités, dans le hall en attendant qu'une porte ne s'ouvre, dans le couloir à la pause, ils marchent marchent marchent, en réaction, ils marchent dans l'attente, ils marchent comme on parle en dormant, comme on grince des dents, ils marchent pour croire que le temps passe, ils marchent parce qu'ils n'ont rien à faire d'autre, parce qu'ils ne font rien, ils marchent sans le savoir. On dirait qu'ils dansent.

– Au moment de sortir, je me suis dit que j'allais continuer à marcher entre deux murs imaginaires. Ce sera très long avant de réapprendre à marcher normalement.

Parvenu à présent à cette étape du récit, il conviendrait de sauter quelques lignes, ou mieux, d'oser introduire un blanc typographique de cinq pages voire davantage pour dire le renversement, la secousse, marquer la frontière qui sépare en un temps inquantifiable, tant il est bref, l'espace du dedans et celui du dehors, procéder à des repères numériques pour montrer qu'on passe bien d'une partie à une autre, ça aiderait à y voir plus clair. Sortir après cinq ans devrait être de l'ordre de la rupture, il n'y aurait pas de continuum, ce serait une tout autre histoire, on pourrait même s'arrêter là, sur la blancheur des pages, oser le silence. Il n'en sera rien. Parce que la sortie d'Édouard porte en elle cinq années plus lourdes qu'au cours de leur déploiement en prison et même s'il les a comptées, s'il en a éprouvé la lenteur, elles s'appuient à ce jour sur son corps, sur la silhouette qu'il entrevoit de lui quand il pose un pied hors de l'espace carcéral. Cinq années pesant un tout autre poids, avec un père à retrouver, un fils à atteindre et une femme à laquelle il faudra renoncer après avoir réglé ses comptes. Impossible dans ces conditions de sauter des pages, de cloisonner ce qui est entré et ce qui sortira. Tout se tient et pour un long moment encore. Arriver à séparer sera l'œuvre de plusieurs années, voire du reste de sa vie.

Nous voici donc rendus au 24 mai 2006. Édouard sort dans le soleil et sa sœur est là. Il la voit tout de suite, elle est souvent venue lui rendre visite au parloir, il s'approche, elle l'embrasse, le serre, tapote son dos, je te présente Laetitia, Léti, tu sais, les lettres les photos, c'est elle, c'est mon amie, elle a tenu à m'accompagner. Oui Léti, bien sûr qu'il voit qui c'est, c'était prévu, mais il est mal à l'aise. Que se passe-t-il dans la tête d'Édouard ? Les photos, sa bouche, ses yeux, oui elle est charmante, mais quoi ? Sûr qu'elle lui fait envie, sa sœur lui apporte cette fille comme ça, ça veut dire quoi ? C'est mon cadeau de sortie, c'est ça ? Tout se brouille en lui, il faudrait au plus vite qu'il aille voir sa mère, revoir enfin son père, depuis cinq ans, tout peut changer en cinq ans.

– Cette fille, là, qui sourit, me mange du regard, j'ai envie moi aussi de la bouffer, Richard est mort hier, je me dis, Richard dans mes bras je le sens contre moi avec son ventre collé à mon visage, le drap torsadé à son cou et ma main qui essaie de passer entre, Richard qui me tombe dessus, l'odeur de son déo, l'odeur du vin, du tabac, l'odeur de Richard sur moi, et cette fille qui nous propose d'aller boire un verre chez elle, moi je ne sais pas ce qui est prévu, je sais pas ce que je vais faire, je dois aller voir mon père, mon fils, mais avant il faut que je me débarrasse d'elle, je me laisse emporter, je serai plus tranquille après, bon on fait quoi ? On y va ?

Édouard trouve que sa sœur roule trop vite, tu plaisantes, je suis même pas à 70, ça défile, pas le temps de poser son regard sur un arbre, un bâtiment qu'il disparaît aussitôt, ralentis, j'ai mal au cœur, il ne comprend pas, son cerveau ne peut assimiler un tel mouvement, un tel changement de rythme, ce n'est pas possible, il se sent comme ivre, malade d'avoir trop bu, il ouvre la fenêtre, sort son bras et sa tête pour respirer, mais c'est encore pire, l'air s'engouffre dans ses narines ses yeux sa bouche, il est sur le point de vomir, arrête-toi. Il fait quelques pas sur le trottoir, il marche dans du coton, les muscles lourds, contractés, il a l'impression que les automobilistes et les passants le regardent comme s'il était nu, comme s'ils s'apercevaient qu'il n'était pas d'ici, qu'il n'avait pas les mêmes réflexes, plus hésitant qu'eux. Inversement, il remarque que la ville ne prête pas attention à ce qui, lui, le surprend, pourtant il la connaît mieux que la plupart de ceux qui la traversent, oui, c'est bien sa ville, certes avec cinq ans de plus, mais ça reste sa ville, non ? Comme un visiteur étranger voulant se fondre parmi les autochtones, le voilà qui se regarde marcher sur le trottoir, qui contraint son pas et évite de prêter attention à ce qui l'entoure, il compose inconsciemment un personnage afin de passer inaperçu et de prendre place dans ce paysage qu'il cherche à rejoindre.

– Tu sors. Le plus marquant, c'est les odeurs. Comme quand tu entres. C'est simple, si tu fermes les yeux, tu sais si tu es en taule ou pas, rien qu'aux odeurs. Dehors, elles te sautent dessus, la voiture, les gaz d'échappement, l'odeur du pain dans la rue, même les odeurs d'essence, tu trouves que c'est bon, tu es content de les sentir, et quand je dis que ça te saute dessus, ça te saute dessus, parce qu'il y a aussi toutes celles que tu connais pas, tu n'es pas là pendant cinq ans, quand tu reviens, il y a eu des naissances, de nouvelles constructions et il y a de nouvelles odeurs, forcément, des trucs qui n'existaient pas avant, je ne sais pas moi, les euros par exemple, je rentre on paie en francs, je sors c'est en euros, ça ne sent pas pareil, même si en prison c'étaient des euros que j'avais sur mon pécule, mais les euros, ça n'a pas la même odeur dedans et dehors.

Sœur : T'as qu'à conduire si tu préfères, tu veux ?

Édouard : OK. Deux secondes. Faut me réhabituer.

Il en meurt d'envie mais il appréhende de pas être à la hauteur, caler, freiner trop fort, être en surrégime.

– Mais en fait pas du tout. La voiture c'est comme le vélo ou la nage, même au bout de cinq ans, tu rentres dans la voiture, tu démarres, tu t'en vas, et c'est parti, tout file, tu reprends les choses où tu les avais laissées, c'est même la seule situation où tu les retrouves telles quelles. Un truc de fou, ça s'oublie pas.

Que décider avec cette fille ? Édouard sait que la priorité serait d'aller voir son père, son fils, peut-être les deux ensemble, ce serait plus facile, tout le monde est prévenu de sa sortie, tout le monde attend qu'il arrive, on appréhende, il y aura un léger hochement de tête, une bise particulière, une main qui presse maladroitement l'épaule, un geste qui rappellera que ce n'est pas une visite habituelle, celle d'un fils qui sort de prison et retrouve les siens, son père, c'est surtout lui qui le paralyse. Il redoute le moment autant qu'il le diffère, il est convaincu, en revanche, que ce sera plus naturel avec sa mère, ça ira tout seul, elle lui ouvrira ses bras comme elle l'a toujours fait, elle continuera à l'appeler *mon petitou* même s'il a plus de quarante ans, non ce ne sera pas pareil, il n'y a pas si longtemps qu'elle est venue au parloir. Son père l'avait bien prévenu après sa quatrième libération, si tu rentres encore une fois, je ne viens plus te voir, ça suffit de rendre les gens esclaves de tes conneries, tu as un fils de sept ans, il grandit, il a besoin d'un père. Et quand, quatre ans plus tard, Édouard est incarcéré pour la cinquième fois, le père a tenu bon, il se sent disparaître à nouveau, cinq fois, c'est trop, son fils n'a rien compris, il ne s'arrêtera donc jamais, il ressent très fort la vanité de ses paroles. Qu'a-t-il raté avec cet enfant devenu un homme puis un étranger ? C'est du moins ce qu'il se dit pour essayer de moins souffrir, d'avoir moins honte. Il n'arrive pas à comprendre, traquant vainement dans le fond de sa mémoire les moindres faits et gestes de sa part qui auraient pu précipiter son fils dans la délinquance, parce qu'il ne s'agit plus de parler d'accident de vie, de conneries, quand pour la cinquième fois on entre en prison, on entre dans un système, on choisit son existence, et ce choix, il ne parvient pas à l'accepter malgré les efforts : que lui reproche son fils ? La vie de famille, son travail, sa retraite, il n'a rien volé à personne, se lever à cinq heures tous les matins, revenir à six heures le soir, s'endormir sur le canapé pendant le film, le match ou l'émission de variétés, mettre de l'argent de côté pour acheter quand ce sera possible une télévision couleur, une voiture, lui reproche-t-il leur quotidien dans cet immeuble, dans cette cité de Saint-Louis où il a grandi avec son frère et sa sœur, entre l'autoroute Nord et le port autonome, cette barrière infranchissable de quais, de conteneurs et de cargos ? La mer, tu la vois, mais tu ne peux l'approcher. Malgré tout, ses enfants ne manquent de rien, surtout pas lui, il veut comprendre pourquoi Édouard a choisi de ne pas vivre comme eux, il accepterait certaines différences, mais pas à ce point, il perçoit les choix de son fils comme une insulte, une manière d'afficher un mépris écrasant à leur égard. Il n'est plus venu aux parloirs. Il s'éloigne. Mais il accompagne sa femme toutes les semaines, elle entre seule avec le sac de linge propre, les magazines et quelques barres vitaminées qu'elle a appris à dissimuler.

– Les barres de céréales, mais pas que ça. Ma mère, elle faisait les oreillettes, elle les mettait dans un film, les cachait dans le soutien-gorge avant de passer sous le portique de sécurité, elle me les donnait au parloir, y'en a qui rentraient de la drogue, elle, c'étaient les oreillettes, c'est la Chandeleur, tiens, mange les oreillettes mon fils. Pendant ce temps mon père était dehors, dans la voiture. Je le savais.

Il reste sur le parking, lit le journal, s'impatiente. Au retour de la mère, il met un point d'honneur à ne rien demander, attend fébrilement qu'elle raconte comment elle l'a trouvé, ce qu'il fait, les mots qu'Édouard a eus pour lui, les bises qu'il lui transmet, il t'embrasse, le père l'écoute sans en perdre une miette et quand elle a terminé, il répond, je m'en fous pas mal. Il aurait voulu cependant qu'elle soit plus précise, qu'elle ne résume pas, mais qu'elle emploie ses mots à lui, les mots mêmes que son fils a prononcés, mais comment aurait-elle pu se rappeler de tout ? Sans rien lui dire, il espère des détails, était-il rasé ou pas, c'est important qu'il continue à se raser, à prendre soin de lui, ce sont des signes qu'il faut guetter pour vraiment savoir s'il va bien, qu'elle lui parle aussi du mouvement de sa bouche quand il s'est adressé à elle, de ses yeux qui la regardaient en face ou qui fuyaient, de ses cheveux qui blanchissent, mais non, elle lui raconte la vie de prison, les juges, l'avancement du dossier, il trouve qu'elle ne parle pas assez de lui, qu'elle n'en parle pas de l'intérieur, il se mord la langue, les lèvres pour ne pas la relancer, lui gueuler dessus, tu me dis qu'il m'embrasse, mais comment il l'a dit ? Dis à papa que je l'embrasse ou tu l'embrasseras pour moi ou rien du tout et c'est toi qui comprends qu'il m'embrasse, dis-moi putain madame, il bout, tu ne peux pas comprendre ce que j'attends de ces visites ? Tu ne me connais pas assez ? Il se tait, les mains crispées sur le volant et arrivés à la maison on n'en parle plus jusqu'à la semaine suivante sur le chemin du retour. Dans la voiture seulement. La prison n'entre pas dans la maison.

– Il a tenu bon. Il s'est laissé ronger à petit feu, je me dis qu'il a perdu cinq années d'espérance de vie. Par contre il m'a écrit. Et il écrivait bien, mon père. Une plume acerbe, des reproches à sa manière, il fallait décrypter, l'art de dire sans dire, mais tu comprends, y'a pas de doute, il n'était jamais aussi clair que quand il disait sans dire. Il aurait pu écrire des livres, une belle plume vraiment.

Mais le rouge à lèvres, le décolleté si près, que faire avec cette fille, cette Léti qui le regarde ? Si ce n'est son père, au moins, ce devrait être son fils qui le ramène à la raison, l'urgence est là, il la ressent, ces deux êtres qu'il aime et qu'il ne sait comment approcher. Son fils, c'est encore différent, c'est moins lourd, mais il reste désarmé, c'est confus, Édouard ne peut pas revenir comme s'il était parti la veille, coucou, c'est moi, tu me fais un bisou ? Avant sa quatrième détention, ils jouaient souvent à cache-cache, son fils ne parvenait pas toujours à le trouver et lui feignait de ne pas le découvrir pour faire durer le plaisir. Quand, du jour au lendemain, il n'est plus rentré à la maison, son fils continuait à le chercher, sa femme devenait folle, elle lui répétait qu'il était parti pour le travail comme la dernière fois et qu'il ne rentrerait pas de sitôt, qu'ils iraient le voir, mais pas souvent, parce que le patron n'aimait pas trop qu'on le dérange. Son fils ne comprenait pas pourquoi toutes les familles, tous les enfants venaient rendre visite en même temps à leurs pères, pourquoi ce n'était jamais les mères qui travaillaient ici, pourquoi il fallait faire la queue, passer sous un portique, il ne comprenait pas ce que voulait dire travailler pour le Président et pour empêcher les méchants de faire la guerre, il ne comprenait pas pourquoi il fallait que ça reste secret, pourquoi il ne pouvait jamais voir où son père dormait, et puis les visites se sont espacées, il ne voulait plus venir, sa femme disait que c'était mieux ainsi, il ne fallait pas le perturber alors, puisqu'elle le pensait, Édouard pensait qu'elle devait avoir raison, c'était sa mère, c'est elle qui savait pour le petit. Ce qu'on ignorait en revanche, c'est que l'enfant avait compris qu'on lui mentait, il avait entendu des conversations, il avait demandé à son oncle, qui le gardait souvent, ce qu'était un juge, un avocat, une *assossisson de marfaiteurs*. Il avait huit ans quand son père, libéré, avait voulu le rassurer.

Édouard : C'est fini je change de travail, je vais rester à la maison maintenant.

Fils : Ce n'est pas vrai le travail. Tu étais en prison, je le sais.

Édouard : Qu'est-ce que tu racontes ? Et puis comment tu le sais ?

Fils : Je le sais.

Alors on n'en avait plus parlé, on avait fait comme si ça n'avait pas existé, mais le fils a grandi en intégrant l'idée que son père avait fait des bêtises qui le conduisaient en prison et que c'était pour cela qu'une fois de plus, en 2001, il n'allait plus rentrer le soir, que cette fois ça durerait plus longtemps parce que la bêtise était plus grosse, mais quelle bêtise ? À dix ans, il aurait voulu savoir car parfois c'est rigolo les bêtises, lui aussi il en faisait, mais les bêtises des adultes ne sont pas les mêmes, on lui avait répondu, c'est plus grave et c'est pour ça qu'on va en prison, il n'osait donc plus demander, il imaginait, sans preuve, que son père avait volé beaucoup d'argent et que quand il sortirait, on le lui rendrait, c'était peut-être une autre façon de gagner sa vie après tout et ça valait le coup, pour cela, de ne pas rentrer le soir pendant plusieurs années, si ensuite on était riche. Il a désormais quinze ans, cela préoccupe Édouard, se sentira-t-il capable du jour au lendemain de lui parler sérieusement, de se livrer, d'exiger ? Sa sœur lui apprend, dans la voiture, qu'il est parti pour le week-end de l'Ascension dans le Luberon avec ses cousins et son oncle, le frère d'Édouard, il n'est donc pas encore revenu. C'est mieux ainsi. Chaque chose en son temps, revoir son père avant de revoir son fils, commencer par le plus difficile. Comment y parvenir ? Ce n'est pas plus mal finalement d'être allé chez Laetitia en compagnie de sa sœur qui finit par les laisser parce qu'elle a une course à faire, ça va me prendre une heure pas plus, je repasse te prendre dès que j'ai fini, d'accord ? Oui il est d'accord, Édouard, ce n'est pas une mauvaise idée, cette Léti devant lui, ça l'arrange bien – il verra plus tard pour son père et son fils, son fils et son père, il ne sait pas par quel bout les prendre, son père seulement puisque le fils n'est pas là. Il se jette sur elle, écrase sa bouche contre la sienne, se dit qu'elle n'attend que ça, elle ne résiste pas et l'entraîne dans sa chambre, les habits s'arrachent en désordre, les corps s'entrechoquent, Édouard se vide de tant de rage et d'approximations, de Richard suspendu, les pieds juste à dix centimètres du sol, de son père qu'il ira voir quand ce sera fini avec cette fille et de son fils qu'il essaiera de retrouver quand il aura cessé de s'oublier en elle, refusant de penser à la honte qui viendra tout de suite après, la honte d'avoir bousculé l'ordre des priorités, la honte de ne pas être un si bon fils, son père a raison, de ne pas être un si bon père comme a essayé de lui faire comprendre sa femme, mais entre les bras de Léti, il se révolte, après ce sera meilleur, après tout changera, il y arrivera, il aimera son père, s'excusera, restera à ses côtés, il aimera son fils, ils parleront ensemble, ensemble ils feront du sport, ils iront courir, ils iront voir des matchs de foot, se feront confiance, ils en viendront presque à parler d'homme à homme. Aucun mot n'est prononcé avec Léti, aucune marque d'affection, l'acte répété est animal. Par la suite, ils se reverront encore à deux trois reprises et ce sera fini. Ils se remercieront l'un, l'autre, lui estimera que c'était trop proche de la sortie, ça faisait encore partie de la prison, elle était passée avant son père et son fils et par un mécanisme coutumier il lui en voulait parce qu'il s'en voulait. En se rhabillant précipitamment, il accuse le coup, c'est pas normal ce que je fais, il estime qu'il n'aurait pas dû agir ainsi, qu'il a gâché ses premières heures d'homme libre, que finalement dès qu'il est en liberté, ça continue, il se comporte n'importe comment, il perd tout repère, il se sent fautif, incapable de résister à l'urgence qui le broie, il ne peut plus rester là, dans cet appartement qu'il ne connaît pas, qui n'est pas le sien, il n'aurait jamais dû y mettre un pied avant de voir son père et son fils, c'est pas normal, je suis con, ce n'est pas chez lui ici, ni chez ses parents, son souffle est coupé comme s'il avait reçu des coups dans le ventre, Léti lui suggère d'attendre que sa sœur revienne, elle ne va pas tarder, il ne veut pas, il ne veut attendre personne, il faut partir, il s'élance dans les escaliers de l'immeuble, prend la première direction qui s'offre à lui sans se soucier de l'orientation, il marche tout droit, il marche vite, il faut retrouver son père, il devrait déjà y être, il marche, il finira bien par arriver quelque part, reconnaître les lieux, il marche et la marche le dégrise, il ralentit, où je vais ? il me faut une voiture, je veux prendre une douche.

Il s'écoule bien une heure avant qu'Édouard ne se présente devant l'allée du petit pavillon que ses parents ont enfin pu s'offrir sur leurs vieux jours, grâce à un apport provenant d'une vie d'économies réduisant les mensualités du crédit encore en cours, une maisonnette dans le lotissement qui a remplacé le terrain vague sur lequel les jeunes de la cité jouaient au foot et faisaient des courses avec leurs vélomoteurs, à 200 mètres de leur ancien immeuble, proche du supermarché et des autres commodités, on peut tout faire à pied. Il s'avance, remarque les pavés autobloquants dont lui avait parlé sa mère au parloir, ça fait propre, pense-t-il, si j'avais été là, c'est moi qui les aurais fixés. Le portail a été repeint, il s'étonne du choix de la couleur, le marron, il trouve que ça fait vieillot, il revoit le jardin et cherche machinalement ce qui est resté, ce qui n'a pas été transformé, le portique de balançoire a disparu, ça agrandit, le *Solanum jasminoïdes* n'a pas résisté au gel, le murier a doublé de volume, le salon de jardin n'est plus le même, sa mère l'en avait aussi informé, Cachou, la chatte noire, ne vient plus se frotter contre ses jambes, en revanche, le pylône électrique, lui, on ne peut pas le faire disparaître, ça ne dépend pas de ses parents. Ayant été incarcéré un an à peine après l'achat du pavillon, Édouard entre dans une maison qu'il connaît peu. Là encore, avant que la porte ne s'ouvre, il pense qu'il aurait pu arriver avec un bouquet de fleurs pour sa mère, une boîte de macarons pour son père, il y pense sur le seuil de la porte, raté encore raté, mais c'était impossible, après Léti il fallait se précipiter, trouver une voiture, arriver au plus vite, essayer de tout rattraper, ne plus se tromper, et forcément dans l'urgence et avec le trac, il arrive les mains vides, mais est-ce qu'on offre quelque chose à ses parents après cinq années de prison ? Est-ce que cela se fait ? Il sait que son père n'attend rien, que sa mère ne lui fera aucun reproche, que le plus beau cadeau pour elle, c'est son fils dehors qui la prend dans ses bras, tu parles d'un cadeau, pense-t-il.

Bien sûr c'est sa mère qui tire le verrou et ouvre la porte, je t'attendais mon petitou, tu ne peux pas savoir comme je suis heureuse, viens, entre. Elle l'embrasse trois fois sur une joue, trois fois sur l'autre, il se laisse faire, il est frappé par le tracé que suit une fissure entre le mur et le plafond. Il prend la mère dans ses bras, la garde contre lui, le sourire figé d'Édouard dessine des pattes d'oie sur ses tempes, un sourire qui ne s'effacera qu'après avoir revu son père, être redevenu son fils, il faudra pour cela se regarder à nouveau et commencer à parler. Pour l'heure, le père est assis dans le fauteuil face à la télé allumée, il observe sa femme qui embrasse leur fils. Il se redresse en deux temps en disant aïe. Édouard l'entend, Édouard le voit, enfin leurs yeux se trouvent, ils avancent l'un vers l'autre, cela ne dure pas, la pièce n'est pas grande, le père ne dit rien et attend, Édouard deux tons trop haut, un peu comme un chanteur frappé d'amusie, brise le silence, oh papa, ça va ? Il voudrait lui dire, tu n'as pas changé, mais redoute la réplique cinglante et sans détour du père, pas changé ? Tu as perdu la vue là-bas, ça se voit que tu m'as oublié, je n'ai plus de muscles, je souffre des articulations, j'entends de moins en moins, même si toi je t'entends. Non Édouard ne peut pas parler ainsi, il voit bien que son père souffre, qu'il traîne les pieds pour venir jusqu'à lui, il pourrait presque ne pas le reconnaître si ce n'était son rictus comme à son habitude, juste la partie droite des lèvres qui s'élève, le reste, les joues, les yeux ne manifestant aucune réaction.

– Là, je trouve qu'il ressemble à mon grand-père vieux, pas celui que j'ai connu enfant, mais mon grand-père que j'ai vu la dernière fois sur son lit d'hôpital, ça me perturbe, je refuse, je me force à retrouver les traits de mon père, un truc de fous parce que c'est pas naturel, je dois le faire revenir, arriver à le retrouver, en revanche la façon de m'embrasser, c'est lui, pas de doute, deux petits coups de tête, à droite à gauche, à peine appuyés et rapidement exécutés, sans jamais poser ses lèvres sur mes joues, on s'embrasse comme ça depuis toujours.

Le père le regarde de haut en bas, l'évalue, le trouve un peu forci, mais ne lui en parle pas. Il le reconnaît une énième fois. Son cœur s'emballe, il aimerait lui donner une gifle affectueuse et le serrer dans ses bras, pleurer avec lui, même si personne ne l'a jamais vu pleurer. Il ne le fera pas.

Père : Alors ? Tu as compris maintenant j'espère.

Édouard : Oui p'pa, je crois que c'est bon cette fois.

Père : C'est bon, c'est bon comment ? Comme la dernière fois ?

Mère : Mais laisse-le respirer, il vient à peine de sortir et toi tu veux le remettre en prison.

Père : Je veux rien, c'est l'habitude, c'est tout.

Édouard : Mais non. J'ai compris. Ça va.

C'est l'éternelle question du père à son fils quand il rentre au bercail, question posée à chaque libération et à laquelle il a toujours répondu par l'affirmative. Tu as compris maintenant ? Cette fois Édouard y croit, hors de question de retourner un jour en prison, ce matin il y était encore, ce soir il mettrait sa main à couper, c'est bien fini, un minable ce serait s'il y entrait une sixième fois, il ne doit plus jamais y retourner.

– En fait, c'est la police, les journaux, les autres qui disent de toi que t'es une pointure, moi je dis pas ça, j'entends qu'on le dit, mais passé les gardes à vue, j'oublie, c'est comme ça, j'ai toujours trouvé que c'était facile jusqu'au moment où tu te fais choper, là tu te rends compte de tes erreurs ou de celles des autres, de leurs trahisons aussi.

Mais ce n'est pas tout, en voyant son père nouveau, son père diminué, il ne veut plus s'en éloigner, essayer avec lui de gommer cet espace vide qui les sépare, que son père finisse par perdre la mémoire de ce trou familial, cette maladie de l'absence qui a grignoté ses poumons.

Père : Parce que je te le dis, si tu rentres encore là-bas, ne pas aller te voir ne suffira plus, attendre ta mère sur le parking, c'est fini, c'est au cimetière que tu me retrouveras.

Mère : Mais puisqu'il te dit que c'est fini, qu'il a compris, il est là maintenant, tu le vois, il faut repartir, tourner la page.

Le père ne peut se taire comme il s'est tu toutes ces années, il ne peut laisser la mère tout aplanir. Qu'est-ce que ça veut dire ? Passer à autre chose, c'est ça ? Ce qu'il estime être de la complaisance chez son épouse l'insupporte, il suffit que son fils soit présent pour qu'elle s'oppose à tout ce qu'il dit, c'est vraiment la seule situation où sa femme et lui pensent différemment, où différemment leur affection s'exprime.

Père : Faut repartir, c'est bien beau de dire ça, il y a cinq ans aussi, je me souviens, il fallait repartir, et il n'est pas reparti, il me disait comme ce soir qu'il avait compris et il est allé là-bas une cinquième fois, pas une, pas deux, mais cinq fois il nous l'a fait. Comment veux-tu ? Tourner la page, faire comme si ces cinq années n'avaient pas existé, mais je les ai comptées moi, ça m'a bouffé la santé. Oublier ? Ça me tue ça, je peux rien oublier, les kilos que j'ai perdus, ma tension qui tout d'un coup s'est mise à monter et sans raison on m'a dit, c'est l'âge, l'âge mon cul, moi je sais pourquoi elle est montée, tout ce stress, cette contrariété, toi tu dis on tourne la page, moi je ne peux pas, c'est trop tard, tourner la page, tu en as encore beaucoup comme celle-là ? Cinq années avec un seul fils en sachant que j'en ai deux, que celui qu'on voit presque tous les jours ne remplacera jamais celui qui ne vient pas, celui qui reste enfermé comme s'il était mort.

Édouard ne dit rien. Il accepte. Le père a raison. Il boit en silence la bière que sa mère lui a servie, grignote des dés de fromage, des olives cassées, des amandes qu'elle lui tend, sers-toi, mange, mange, tu dois avoir faim. C'est une banale soirée de retrouvailles, qui ressemble aux précédentes, les parents donnent des nouvelles des uns et des autres, plus fraîches que celles données au parloir, plus directes, sans ménagement, des nouvelles déjà entendues, mais avec beaucoup plus de détails, ces précisions creusent le fossé qu'il lui est désormais donné de combler avec la main et les dents s'il le faut, la tâche à accomplir est énorme.

On parle de la famille, des amis, cela permet de différer le moment délicat où il faudra en venir à évoquer celui que la mère chérit plus que tout, son petit-fils qu'Édouard n'a pas vu depuis cinq mois, c'était juste avant Noël, au parloir. On tarde, on tergiverse, puis la mère se lance. Il vit avec eux, la moitié de la semaine, ils l'ont vu grandir, devenir un vrai petit homme et d'ailleurs il a une façon de parler qui leur fait penser à Édouard, il va être grand comme lui, tu vas le trouver bien changé, il est calme, ne demande pas après son père et quand on lui donne des nouvelles, il se contente de répondre oui je sais, invitant ainsi les autres à ne pas en rajouter, jamais il ne relance, jamais il ne s'inquiète, il a pris conscience que vivant tantôt chez ses grands-parents, tantôt chez sa mère, une réplique aussi laconique le confortait dans une sorte de position dominante construite sur l'implicite, le non-dit. Que savait-il au juste ? C'était sa façon de couper court au sujet, il n'aimait pas qu'on lui parle de son père, il n'aimait pas quand les autres en parlaient.

Des tranches de rosette et des cornichons, les voisins d'à côté vont vendre, ils ont déjà signé le compromis, la daube aux carottes, son frère va très bien, il a changé de travail, il s'est mis à son compte et il dit qu'il est plutôt content des premiers chiffres, il ramènera ton fils ici demain, tu le verras. Édouard ne demande pas pourquoi le frère n'est jamais venu le voir en prison.

– Mon père, je comprends, mais lui ? Je ne sais pas, moi, j'aurais eu un frère ou une sœur en prison, on se serait écrit, de temps en temps un petit mandat, un petit billet, une bricole, une enveloppe avec quatre timbres, mais mon frère rien, une carte pour la bonne année et une pour mon anniversaire, c'est tout, alors que j'ai des collègues qui m'ont régulièrement écrit, des belles lettres que je garde.

Mais il ne demande pas, avec le pain il sauce le fond de son assiette, c'est le meilleur, son frère, il a été très présent pour son fils, il le gâte presque autant que ses propres enfants.

Père : Ça c'est vrai, heureusement qu'il est là.

Mère : Tu en reprends un peu ?

Édouard : Non merci, je suis. Je suis repu.

Père : Je suis repu ? Mais comment tu parles ? Monsieur est repu, c'est là-bas que tu as appris à parler comme ça ? Je suis repu.

Édouard reçoit tout. Il avale en silence et quand il se risque à relancer la conversation, il en apprend encore sur ce qu'il s'est passé, sa cousine va se marier, son autre cousine a accouché de son deuxième enfant, son deuxième ? Il n'était pas au courant pour le premier.

Mère : Mais je te l'avais dit.

Édouard : Peut-être.

Et la glace à vanille comme il aime, avec un éventail et une cigarette en biscuit, sa femme, bon, ce n'est pas joli, joli ce qu'elle a fait, mais il faut la comprendre, elle a toujours été là lors des précédentes incarcérations, on ne peut pas lui reprocher son choix et puis elle s'est toujours occupée de leur fils, comment vont-ils faire pour l'appartement ?

Édouard était sûr du menu avant même de remettre les pieds dans la maison, la mère n'a pas oublié.

Édouard : Tout est très bon, maman. Comme d'habitude.

Père : Quelle habitude ?

Les médicaments de son père sur la toile cirée, lui qui n'a jamais eu un rhume, jamais une grippe, ce n'est pas un seul comprimé, mais tout un cocktail qu'il avale minutieusement, une gorgée, tête en arrière et au suivant, il ne cache rien, il se laisse regarder, il parle maintenant du Président qui ne fait plus rien, il verrait bien l'autre lui succéder.

Père : Tu sais le petit, celui qui a les dents qui rayent le parquet, il aurait de la poigne lui au moins, le problème c'est qu'il est pas français, c'est toujours pareil.

Dans la cuisine, sa mère murmure à Édouard que les taches sur les poumons, c'est plus grave que ce qu'il croit, elle ne veut pas inquiéter son mari.

Mère : Je préfère rien dire et comme lui n'en parle jamais, on reste comme ça.

Édouard : Mais il sait, maman, il sait exactement ce qu'il a, même s'il ne dit rien, j'en suis sûr. Lundi, c'est moi qui vais, qui va, qui vais à l'hôpital avec lui pour le scanner.

Mère : Tu es gentil, il sera content.

Édouard : Non c'est pas gentil, c'est normal. C'est mon père.

Il formule la proposition pour se l'imposer à lui-même, ne pas s'y soustraire, il n'en mesure pas les conséquences, cette proximité, se retrouver dans cette intimité nouvelle sans moyen d'en sortir, sans possibilité d'échapper à l'autre quand le fils accompagne le père souffrant comme le ferait n'importe quel fils sauf que lui, à quarante ans, il ne l'a encore jamais fait, lui donnera-t-il le bras ? Le tiendra-t-il par l'épaule ? Tiens-moi, papa. Verra-t-il son corps nu ? Faudra-t-il l'aider à se rhabiller ? À qui s'adressera le médecin ?

Mère : Reste. Tu peux rester, tu verras demain pour rentrer chez toi. Tu as le temps maintenant.

Oui il a le temps, il reste, il embrasse son père avant d'aller se coucher, il embrasse sa mère. Les parents sont comblés, ils se sentent apaisés, heureux, rien ne peut leur arriver. Leur fils sous leur propre toit et le lendemain au petit déjeuner.

En entrant dans la chambre, Édouard retrouve celle de son adolescence qu'il partageait avec son frère, la même que lorsqu'ils habitaient tous ensemble au 10 rue des Platanes, Tour B, porte 2, rez-de-chaussée, appartement 96. Deux lits, une armoire en pin et un bureau pour deux, c'est la même configuration, celle-ci est devenue la chambre des petits-enfants et plus particulièrement celle de son fils. Il y a sa console de jeu, ses habits repassés et pliés sur le bureau comme le faisait sa mère pour eux, une pile pour les hauts, une pile pour les bas et une pour les sous-vêtements, tout est rangé, propre, le dessus-de-lit bien tiré, Édouard regarde, ce sont des tee-shirts, des pantalons, des vestes qu'il aurait pu lui-même porter à quinze ans, ses cahiers, ses classeurs, relégués dans un coin en équilibre, il n'ose pas les ouvrir, il sait que son fils n'aime pas l'école, il ne veut pas découvrir une écriture illisible, des ratures, des pages arrachées, des fautes soulignées deux fois en rouge, les appréciations *nul !*, *sale !*, *aucun effort !*, dont il se sentirait à nouveau responsable, j'étais pareil à son âge, il lutte vainement pour en éloigner la pensée, il voudrait qu'il en soit autrement, mais il le prend aussi comme un signe d'appartenance, une sorte de filiation par l'échec scolaire.

Sa première nuit d'homme libre. Il ne la passe pas dans les bras de sa femme, je n'ai plus de femme, il pense à Léti, à son souffle, à ses seins sur sa bouche, le sommeil résiste, il respire l'odeur des draps propres, sa femme, non il ne veut pas essayer à nouveau, repartir ensemble de zéro comme elle le souhaite, tu comprends ce n'était pas facile pour moi et puis cet homme m'a aidée aussi, il a aidé notre fils, mais c'est fini maintenant. Non ce n'est pas fini ou plutôt si, tu veux repartir de zéro, OK, ça veut dire que je repars sans toi, moi aussi je veux repartir de zéro. Il m'a aidée, il a aidé notre fils, cet argument lui est insoutenable, ça veut dire quoi ça ? L'argent, c'est ça ? Les mots de pute, de salope, car c'est comme ça qu'il ne peut s'empêcher de penser, s'invitent dans l'effervescence de ses pensées, rejoints par des images qui n'épargnent pas celle qu'il connaît depuis l'enfance, celle qui, au quartier, faisait partie de sa bande, était de toutes les sorties, alors ça s'était fait tout seul, elle était là, ils se sont mis en couple naturellement, et puis après sa troisième sortie, leur fils naît comme ça, le 3 mars 1992, à 3 heures 33, presque que des 3, ils s'étaient dit qu'il avait les chiffres pour lui, ça lui porterait chance, par sa présence, il empêcherait toute récidive, Édouard en était convaincu, mais les événements ne se sont pas enchaînés comme il aurait souhaité, huit mois plus tard on vient l'interpeler chez lui à six heures du matin, son fils dort, on fouille, toutes ces clés de voiture dans le tiroir de la commode, c'est à vous ? Il ne peut nier. Ce sont les mêmes policiers qui étaient venus l'interpeler il y a quelques années, il leur demande s'il peut prendre une douche avant de partir, très cordiaux, ils acceptent, non il ne veut pas retourner en prison, il se l'est promis, et dans sa tête, je ne repars pas avec eux, je ne repars pas, il enfile son jogging et ses baskets de course, à l'époque il se préparait pour le semi-marathon, il avait des cuisses énormes, les policiers lui demandent ensuite de les accompagner à son garage, il le fait, les deux hommes bataillent pour ouvrir la porte qui ne correspond pas aux clés qu'Édouard leur a données, il n'est plus question de réfléchir, il pense à son fils, il détale comme un bolide, remonte la pente en direction de la rue sous les yeux interdits des forces de l'ordre, arrête-toi, arrête-toi, d'un geste de la main droite par-dessus son épaule, il leur signifie qu'ils peuvent toujours y croire, il court sans progression de rythme, il court tout de suite très vite, à froid, il se réfugie chez des amis qui le cachent. Il a les cuisses en feu. Il appelle son avocat, très embarrassé par la situation, ça va être compliqué monsieur Bonnefoy, sa femme, escortée par les deux policiers, dépose l'enfant chez les parents d'Édouard avant d'être placée en garde à vue, elle n'en ressortira que vingt-quatre heures plus tard, grâce à l'intervention du même avocat.

– Oui je sais, mais non, à ce moment-là c'est trop tard, j'ai la rage, je n'ai plus envie comme les autres fois, ce n'est plus pareil, tout a changé, elle est trop liée à mon passé et puis avec cet homme, non ce n'est pas possible, je peux pas dire qu'elle n'a pas été à la hauteur, mais ça change tout, ça remet tout en cause, je veux bien que ce soit dur pour elle, elle a attendu, elle est toujours venue aux parloirs sauf la dernière année et ça je ne peux pas faire comme si ça n'avait pas existé, je projette de parler à mon fils, le laisser choisir, reprendre l'appartement, aider Nath à en louer un autre, mais je veux plus continuer avec elle, ce serait recommencer comme avant, c'est pas possible, et alors que je gamberge et gamberge, me revient un livre dont tu m'avais parlé, je ne sais plus lequel, le mec part en camp de concentration, sa femme l'attend, elle fait tout pour qu'il revienne, il est à deux doigts de la mort et par miracle, il s'en sort, on le retrouve, il parle beaucoup dans la voiture qui le ramène, il raconte tout, il s'arrête pas comme s'il allait mourir après, bon bref il arrive, ils se retrouvent, elle au début, elle crie, elle a peur de le revoir, elle le reconnaît à peine, finalement ça se passe, mais le mec, c'est un déchet quand il revient, quand je dis un déchet, c'est un déchet, il arrive même plus à chier, et petit à petit ça va mieux, il reprend des forces, donc tout va bien et ben non en fait, non parce que quand elle le regarde elle ne peut pas s'empêcher de penser qu'il revient d'un camp de concentration, elle peut pas se l'enlever de la tête et qu'est-ce qui se passe ? Ils peuvent plus vivre ensemble après ça, ça leur rappelle trop le passé, ils ont besoin l'un et l'autre de se séparer pour continuer à vivre, en plus elle aussi pendant qu'il était là-bas, elle a rencontré un autre mec et elle aussi comme ma femme, elle lui a dit, ça c'est sûr on peut pas leur reprocher à toutes les deux, elles l'ont pas caché, ça me fait soudain penser à moi, c'est pareil, je me dis que quand elle me regardera, elle verra toujours le mec qui revient de prison, en tout cas, moi, je verrai toujours ça dans son regard, en fait quand tu reviens de prison, c'est comme si tu revenais pas, tu sors jamais finalement, ou tu es toujours en train de sortir, c'est pareil. C'est ça ta peine. Ce n'est pas tant le temps que tu passes dans la cellule, c'est le temps que tu passes après à redevenir un homme lambda, parfois ça n'arrive jamais.

La nuit s'éternise. Finalement, pense-t-il, ça ne change pas tant que ça, là-bas aussi je gambergeais au lieu de dormir, sauf que dans cette chambre, tout est calme, il n'entend plus les cris des détenus insomniaques, la respiration de Richard. Ce silence, il n'arrive pas à s'y faire, il lui manque quelque chose pour s'endormir, un imprévu l'empêche de sombrer, ce n'est pas la nécessité d'aller aux toilettes ni de boire un verre d'eau ni de brancher une prise anti-moustiques pour être totalement serein et sentir enfin le sommeil s'abattre sur lui, non, c'est le silence retrouvé. Voici qu'à présent la cavale s'invite dans le cheminement accidenté de ses pensées, elle insiste, frappe à ses tempes, il compte, énumère toutes les capitales qu'il connaît, mais la cavale revient, ne le lâche pas malgré ses efforts pour la contrer et s'il cède, c'en sera fini de sa nuit, il veut trouver le vide, trouver la position qui lui permettra enfin de respirer comme un homme qui dort. Il n'a aucune prise sur son insomnie. C'est trop tard. Linguizzetta, soixante kilomètres à l'est de Corte. La cavale en Corse est peut-être le dernier motif susceptible de le faire vaciller quant à la décision de rompre avec Nath, ça le travaille, il a tout fait pour en reléguer le souvenir à un passé révolu auquel il ne veut plus avoir à faire. Essayer de l'éloigner pour avancer, est-ce seulement possible ? Comment faire ? Mais la cavale a survécu aux années, cette nuit-là, elle triomphe à nouveau.

– Un an, ça a duré. Quand les condés m'ont interpelé au petit matin et que je me suis taillé, je suis allé chez Mario, un ami marin qui fait rentrer les voitures dans le bateau, c'est grâce à lui que je pars en Corse, il me fait passer dans sa cabine, je traverse, il me donne le contact d'une de ses connaissances à Linguizzetta, j'arrive, le mec me loge et moi je l'aide à couper les arbres dans le maquis, c'est son métier, il me paie de la main à la main et je vis comme ça, j'appelle ma femme avec des téléphones jetables, incognito, des fois je refais la traversée avec Mario pour aller la voir, j'arrive la nuit, je reste un, deux jours, pas plus, sans sortir de l'appart, et je repars quand Mario repart, ma femme, elle, doit pointer régulièrement à la gendarmerie, ils l'interrogent, elle dit rien et pour lui éviter tous ces rendez-vous chez les flics, j'écris une lettre bidon, je te quitte, je refais ma vie à Naples et je demande à Mario de la poster en Italie lors d'une de ses traversées, je dis à ma femme de montrer la lettre aux flics dans le but de leur faire pitié, elle hésite, j'insiste, elle le fait et ça a marché, ces cons qu'est-ce qu'ils lui disent ? C'est un salaud madame, il ne vous mérite pas, il vous a abandonnée, si vous avez des renseignements, n'hésitez pas, en l'arrêtant, on vous vengerait aussi et papati et patata, ils finissent par la laisser tranquille, l'été je la fais venir avec mon fils deux mois en Corse, on va chez un autre pote qui a une paillote sur la plage à Calvi, je travaille à midi pour le service et le soir, on est bien, mon fils est heureux, la journée, les soirées s'éternisent, on se couche au matin, on se baigne, jet-ski, la belle vie quoi, des amis nous rejoignent, ma sœur, mon frère, là il était bien content de venir, ça l'intéressait, je crois que ce sont les meilleurs moments que j'ai passés avec elle, avec lui, c'était simple, facile, le problème, c'est que ça coûte cher une cavale, alors Mario et moi, on monte une affaire avec un autre Corse, on me fait des faux papiers, une fausse adresse, tout est nickel sauf que quand je vais ouvrir un compte à la poste de Corte, on me demande une facture d'électricité, on en fait vite une, mais ce con, sur l'adresse, il fait une faute d'orthographe, le guichetier la remarque, il trouve ça bizarre, il me fait tout un cinéma, vous voulez deux RIB, je vous fais deux RIB, ouais si vous voulez, faites-moi deux RIB, attendez, bougez pas, et le guichetier part derrière, il s'adresse au receveur qui prévient les flics, moi je trouve que ça dure et au moment où je me dis qu'il est en train de me la faire à l'envers, deux flics arrivent, ils m'interpellent en me mettant les cadènes, allez au ballon, ils me disent, et le plus vieux me montre qu'il y a deux encoches au lieu d'une seule sur la tranche supérieure de la pièce d'identité, tu diras à ton receleur qu'il a mal travaillé, moi je le remercie pour le renseignement en plaisantant, merci, bien aimable, je le saurai pour la prochaine fois, mais sans la faute d'orthographe, tout passait putain, à cette heure j'y serais encore, je n'aurais peut-être plus jamais remis les pieds dans une prison, j'aurais dû me méfier, ça se passait tellement bien, j'étais serein, je me sentais invulnérable.

Contrairement à ce qu'il croyait, la pensée de cette année de cavale l'apaise. Malgré l'avis de recherche, les traversées secrètes, il avait trouvé un mode de fonctionnement qui lui convenait, être fugitif c'était n'être jamais où on l'attendait, toujours en mouvement, se déplacer, surprendre sa famille par ses visites impromptues, surprendre la police et déjouer la rigidité des lois. Ce n'est pas la première fois qu'il y pense, mais cette nuit-là, ça le berce, il trouve qu'être hors la loi est la meilleure façon de combattre le système, c'est le seul mot qui lui vient à l'esprit, le système, un raccourci facile qui, pour lui, signifie fatalité, on décide pour toi, tu as droit à ça et pas à ça, pour que des puissants dominent, il faut que les autres se laissent dominer, toute une série d'axiomes qu'il décline à l'infini, le système quoi. *Fatalitas, fatalitas.* Il sonde l'Histoire qu'il adore et il estime qu'elle lui donne raison, les grandes révolutions, les soulèvements et les mutations sont nés en s'affranchissant des lois. Ces manifestations à la con, pense-t-il, ne changeront rien dans un monde vieux comme Hérode, lui, ce n'est pas pour lutter contre le système qu'il s'est mis hors la loi, aucune revendication en ce sens, mais de fait, c'est ce qui s'est passé, il en est sûr.

– J'ai souvent eu cette discussion en prison. Écoutez les gars, on n'est pas de grands révolutionnaires, mais chacun, à son niveau, fait sa révolution. Moi ma révolution je l'ai fait, faite, un peu égoïstement, personnellement. En groupe ça ne marche pas ou alors il faut trouver des mecs qui sont vraiment comme toi et c'est compliqué à trouver. Faire une révolution armée ? On n'est pas dans un pays où on fait une révolution armée parce que tu es très vite écrasé. Ma révolution, je me la suis fait tout seul : j'ai fait en sorte de quasiment jamais payer d'impôts parce que j'ai jamais rien déclaré, j'en retire aucune fierté, c'est comme ça, et l'argent au lieu d'attendre qu'on me le verse, je suis allé le chercher, j'ai pas la phrase exacte, mais il dit ça le Ché, la révolution est d'abord dans ta tête.

En faisant mes affaires, j'ai pris des risques que certains gens de gauche et les révolutionnaires en gants blancs ne prendraient pas, je crois avec du recul que combattre les inégalités, les injustices, combattre le capitalisme, c'est refuser de faire comme les autres, refuser de se plier, refuser de subir l'exclusion par le travail, par les inégalités salariales et qui fait ça ? Des gens comme nous, mais on le fait pas pour les autres, on le fait pour nous et ça c'est pas bien, nous dit-on. Elle est où l'illégalité dans un monde qui n'est pas juste ? Je ne suis pas dans l'illégalité puisque d'entrée le, comment ? le pacte social – c'est comme ça qu'on dit ? – est rompu. Une société injuste, inégale pousse forcément des hommes à ne pas la respecter, à la combattre, parfois sans s'en rendre compte et, parfois, sans revendication, juste histoire de se sauver. Moi, j'ai toujours été un délinquant honnête dans mes activités, oui monsieur, toujours droit, toujours juste et je ne suis pas de gauche ni de droite, plutôt crever.

Quand il se réveille, il estime d'abord qu'il n'a pas fermé l'œil de la nuit, ce qui est faux, puis, se ravisant, qu'il a aussi mal dormi que s'il était encore en prison, ce qui est vrai. Plusieurs idées le préoccupent ce matin. Revoir son fils. Revoir sa femme. Régler aussi pour eux la fin de sa captivité. Revoir l'un sans revoir l'autre n'est pas au programme, obligatoirement ils seront ensemble.

Comme convenu avec Nath la veille, ils doivent se retrouver en terrasse à la *Centrale*. Au café, il les attend, il arrive bien avant eux. Il le nierait, mais il s'est préparé, a passé plus de temps qu'à l'ordinaire à essayer de paraître irréprochable, la tenue achetée le matin même, le coiffeur, le rasage de près, être un père qui ne fait pas honte, un père encore jeune, peut-être que le fils appréciera, peut-être sera-t-il soulagé de ne rien remarquer de la prison sur lui, peut-être passera-t-il à ses yeux pour un père comme les autres.

Jogging noir, maillot bleu des blues de Chelsea près du corps, gel sur les cheveux plaqués en arrière, petite queue de cheval, queue de rat, pense Édouard, le fils avance sur la pointe des pieds, au sens propre, il a toujours eu ce problème de voûte plantaire, ça lui donne maintenant une démarche élancée, un peu comme s'il patinait au lieu de marcher, Édouard le remarque avec un certain agacement, ça a traîné, on a laissé faire, on n'a pas consulté de spécialiste, rien corrigé, mais ce n'est pas grave, il le reconnaît son fils qui glisse et s'approche, il trouve qu'il ressemble aux photos de lui adolescent, il se dit que ça, au moins c'est resté, qu'il n'a pas tout perdu. Il s'attend à retrouver un fils, mais celui-ci ne l'embrasse pas comme on embrasse un père, il ne réagit pas à la pression de la main sur son épaule, à la petite tape sur sa nuque, il fait l'effort de tendre la joue comme on le ferait face à un inconnu, il n'y a pas de sourire, mais une grande concentration sur son visage, Édouard aurait envie de le secouer, de lui donner une nouvelle tape plus appuyée afin qu'il sorte de cette posture figée, qu'il esquisse un sourire, prononce deux trois mots, peut-être papa, ou seulement pa', ça lui suffirait, mais rien, il n'y a qu'Édouard qui parle, qui remplit le silence, sa femme aussi reste mutique, la mère et le fils partagent physiquement cet instant de gêne, il se sent face à une armée hostile – ce sont les mots qui lui viennent à l'esprit, une armée, une coalition – il pense que Nath ne l'aide pas, qu'elle agit ainsi pour le garder auprès d'elle.

Édouard : Et tu n'as pas cours aujourd'hui ?

Nath : Non c'est férié.

Édouard : Tu fais toujours du foot ?

Fils : Non.

Nath : Il a arrêté, ça faisait trop loin, sans cesse l'amener, aller le chercher.

Édouard se bat tout seul, à chaque nouvelle tentative d'approche, il mesure ce que les années ont vidé autour de lui, il retrouve un fils à la démarche singulière, coiffé sans un cheveu qui dépasse, s'adressant à son père comme s'il passait un entretien d'embauche, il ne manquerait plus qu'il tremble en le regardant, ou qu'il pleure, lui aurait voulu qu'il soit à la hauteur de son costume, un buteur, un garçon qui en veuille, qui tape du poing sur la table, qui le fasse rire au lieu d'être ce timide fragile qui laisse parler sa mère à sa place, Édouard ne veut pas entendre sa femme, ce n'est pas elle qui décide pour lui, laisse-le parler, laisse-le dire ce qu'il veut. Et devant l'enfant, comme s'il n'était pas là, le couple parle d'appartement, de déménagement, de récupérer chacun ce qui lui appartient.

– Devant mon fils, on n'aurait pas dû, mais on l'oublie ou plutôt il se laisse oublier et ça, il n'y a que moi qui le vois, je sais qu'il le fait exprès pour écouter, apprendre ce qu'il ignore, je sais, moi, qu'il l'a toujours fait, on l'oubliait et il écoutait nos histoires d'adultes, comme on écoute aux portes, je peux dire qu'il connaît tout de ma vie en prison, du moins des raisons pour lesquelles je me suis retrouvé là-dedans, c'est pour ça que je ne veux pas lui en parler, inutile de revenir sur ce qu'il a échafaudé à partir de ce qu'il a entendu, on parle, on parle, sans se préoccuper de lui, pas loin, toujours aux aguets, il a besoin d'être là pour combler le silence et les non-dits qui m'entourent, il n'est pas con mon fils. Ce jour-là, on fait pareil, il s'amuse avec l'agitateur à faire tournoyer les glaçons dans son verre de diabolo citron et on se met aussi à parler de celui qui s'est installé chez moi quand je purgeais ma peine et qui s'est cassé dès qu'il en a rencontré une autre, beaucoup plus jeune, plus jolie, ce mec, y'a que ça qui l'intéresse, ma femme répond deux mots pour la forme et se tait, le silence soudain, seul mon fils s'entête à aspirer avec la paille le fond de son verre et ça fait des grands flchss, et ça fait des grands flchss comme dit l'autre.

Édouard : Tu avais soif, toi, tu en veux un autre ?

Nath : Non, ça fait trop.

Fils : Non, ça va.

Il plie et déplie la paille en accordéon pendant qu'une fois de plus, devant lui mais sans s'adresser à lui, on en vient à ces cinq mois durant lesquels il n'est plus venu au parloir.

Édouard : Soi-disant parce qu'il faisait des cauchemars après. C'est toi qui lui as mis ça dans la tête, et moi j'ai fini par dire à ma mère, parce que c'est elle qui l'amenait au parloir pendant que mon père attendait sur le parking, toi tu venais plus, normal, y'avait l'autre, je lui ai dit de ne plus le faire venir si ça le rendait malheureux, mais toi tu n'as rien fait pour lui faire comprendre que c'était nécessaire qu'il vienne.

Nath : Nécessaire ?

Édouard : Oui, nécessaire. Pour moi, passe encore, je pouvais toujours crever, mais surtout pour lui, moi là-bas, ça lui appartenait aussi, il pouvait pas faire comme si ça n'existait pas, comme si j'étais mort, mais tu voulais le garder pour toi, pourtant des enfants heureux qui faisaient pas de cauchemars, j'en ai vu, avec la banane jusque-là, il y en avait plein les parloirs, un bordel, des moulins à parole qui retrouvaient leurs pères, les plus petits leur sautaient dans les bras et les plus âgés les serraient très fort, ils parlaient, ils continuaient à vivre un peu ensemble, je les voyais, c'étaient les enfants des autres, ce n'était pas le mien.

Fils : Vous savez où *y*'a des vécés ?

Nath : C'est

Édouard : Au fond à gauche.

Et dans sa tête tout remue, va au WC, c'est ça, continue à faire le benêt, et pisse bien, en prison on aurait dit vider son tank ou changer l'eau des patates, voilà ce que je peux t'apprendre, si je te le dis, ça t'amuse ou tu trouves ça con ? Une blague de vieux qui ne fait rire que les vieux qui sortent de taule, pas les jeunes fils comme toi qui ont vécu sans père et n'ont rien à se reprocher, c'est ça ? Il s'en veut aussitôt, il voudrait chasser ses pensées et voir enfin dans les yeux de son garçon une lueur d'admiration, du moins un certain respect, une forme de politesse, ce n'est pas rien cinq ans. Quand le fils revient, il les entend poursuivre leur discussion, Édouard n'est pas un salaud, il cherchera avec celle qui désormais devient son ex-femme un quartier dans la ville où elle se sente bien, non il ne veut pas essayer à nouveau, non c'est impossible, il a été très clair là-dessus, le petit choisira ce qu'il veut.

Édouard : Tu préfères venir avec moi ou avec maman ?

Fils : Hein ?

Édouard : Tu préfères vivre avec moi ou maman ?

Fils : Je sais pas.

Comme c'est Édouard qui a parlé davantage, comme c'est lui qui mène le débat, qui fait entendre sa voix, qui est le fils de pépé et mémé, qui a l'air plus solide, qui semble tout attendre, qui revient après cinq ans, qui revient de prison, qui revient avec des yeux vifs, qui parle de demain, de vacances, de copains, de la Corse – on pourra y retourner –, de voyage, le fils n'a pas le droit d'hésiter, il répond et regarde sa mère comme pour lui demander son autorisation, lui demander pardon, il ne choisit pas, il n'a pas le choix.

Fils : Je sais pas. Avec papa ?

Le couple continue à échanger devant leur garçon sur les modalités de leur nouvelle vie, cela reste très factuel, sans passion, ils se séparent presque naturellement. Les premiers temps, le fils restera tantôt avec sa mère, chez sa tante, tantôt chez ses grands-parents. Édouard a décidé de refaire entièrement son appartement, tout vider et tout racheter, il se rend à Plan de Campagne avec lui, ils y passent la journée, y déjeunent y goûtent y achètent le repas pour le soir et ensemble choisissent tout ce qu'il faut pour meubler la maison, sans oublier les équipements ménagers, la télé très grande, l'ordinateur, il dépense des sommes folles, il se fait tout livrer comme s'il emménageait pour la première fois dans un appartement et devait faire le ménage en grand, les propretés, les peintures, murs et plafonds, plus rien d'avant ne doit subsister, aucune trace lui rappelant ce qui a précédé sa cinquième incarcération et la vie sans lui dans ce lieu.

Avec Nath, ils sont convoqués au lycée pour les piètres résultats du fils, le CPE – Édouard dit le surveillant général – leur reproche de ne jamais répondre aux convocations, c'est un peu tard le mois de mai pour se réveiller. Édouard rétorque que c'est de sa faute, il était en déplacement toute l'année, mais c'est terminé à présent, il a un emploi plus stable qui lui permettra de mieux suivre son fils, il demande à ce qu'on tienne compte de la situation et promet qu'il prendra des cours pendant les vacances d'été pour rattraper son retard, il y veillera personnellement, c'est pourquoi il se permet de lui demander s'il peut le soutenir pour son passage en première technologique, il ne demande pas une première générale, il n'est pas fou, mais la technologique ça devrait être possible, même s'il n'a qu'une note au-dessus de la moyenne, en EPS, mais les autres notes ne sont pas si loin, il réitère sa promesse de lui payer des cours pendant les vacances, il peut même les commencer dès à présent, alors vous pensez quoi, ce sera possible ?

Progressivement, le fils suit un rythme qui lui convient, le plus souvent chez son père, mais aussi régulièrement chez sa mère ou chez ses grands-parents quand Édouard est retenu au *Bar du voyage* qu'il a pris en gérance avec Lounès, l'ami rencontré lors de sa deuxième incarcération et qu'il n'a jamais perdu de vue, devenu le parrain de son fils. Être deux leur permet d'être moins présents sur place, que ce soit derrière le comptoir ou lors du service de midi, d'autant qu'ils sont aidés par Sara, la cousine de Lounès qu'ils paient à la journée. Mais il arrive assez souvent que pour des raisons impérieuses, Édouard se rende au *Voyage* alors que ce n'est pas son jour, là il règle certaines affaires, élabore des projets. En deux mois, grâce à son réseau il parvient à retrouver un semblant de vie normale, l'appartement refait à neuf, le quotidien avec son fils, même s'il repose sur de nombreux silences et des maladresses, lui redonne une sorte de légitimité qu'il avait perdue jusqu'alors. Le *Voyage* quant à lui l'attendait à sa sortie de prison, l'affaire s'était montée alors même qu'il y était encore, il avait maintenu des contacts avec Lounès et grâce à des intermédiaires que chacun connaissait, ils avaient réussi à acquérir le bar. Il avait revu Léti à deux reprises, avait rencontré d'autres femmes pour des relations sans lendemain, cela lui convenait, mais il aspirait à construire davantage, c'est ce qu'il se disait, il faut que je construise plus avec mon fils, une nouvelle femme, les réunir tous les deux, mais ça ne s'invente pas, ne pas y penser et laisser faire, ça finira bien par arriver, c'est comme la sortie de prison, on est entré, on sortira.

Et puis la mère a voulu inviter tout le monde pour fêter leurs quarante-quatre ans de mariage, c'est pour elle une bonne occasion de se réunir, ne pas attendre les enterrements pour se voir, le père, lui, s'en moque, il ne se soucie plus depuis longtemps des anniversaires ni des fêtes, il y en a trop, l'âge des uns et des autres, les enfants, petits-enfants, pièces rapportées, amis, il s'y perd, même pour les rares membres de sa propre branche encore vivants, c'est sa femme qui sonne le rappel, n'oublie pas d'appeler ta sœur demain pour son anniversaire. Elle sait et saura toujours parfaitement qu'un tel et une telle se sont rencontrés tel jour, elle connaît la date de naissance du premier enfant, du dernier, incollable sur ceux qui sont de la même année, ceux qui ont un an de plus, de moins, celles et ceux qui sont nés le mois de l'élection de Mitterrand, de Chirac, elle est imbattable sur celui qui a été baptisé le jour de la finale de la Coupe du monde 1978 en Argentine, sur celle qui a eu un infarctus en se rendant aux obsèques de sa tante, le 23 décembre 1982, deux jours avant Noël, elle est inattaquable forcément sur celui qui a été incarcéré le 3 janvier 1988, puis le 20 octobre 1988, puis le 4 juin 1990, alors qu'on l'attendait pour souper, puis le 16 novembre 1994 après un an de cavale en Corse, et enfin le 15 mai 2001, le jour même où Patrick Henry obtient sa libération conditionnelle après vingt-quatre ans de prison, c'est un ordinateur, répète le père, demande à ta mère, elle sait tout.

Mais pourquoi célébrer les quarante-quatre ans ? Cela en a étonné plus d'un, ce n'est pas un chiffre rond. D'une certaine façon, elle se moque elle aussi des noces de topaze, mais elle est convaincue qu'il n'y en aura pas d'autres, que la maladie de son mari progresse trop vite pour espérer atteindre celles de vermeil, l'année prochaine. Elle ne le dit à personne, mais en réunissant la grande famille, elle se paie le luxe d'offrir au seul homme qu'elle a aimé des funérailles de son vivant, un dernier repas, on fera comme si on fête leur amour, il y aura un entremets sur lequel on aura écrit à la glace royale *Bon anniversaire aux jeunes époux,* on lèvera un toast en leur honneur, on trinquera à la clairette, on les sommera de s'embrasser, le bisou, le bisou, le bisou, certains se livreront pour la forme à des allusions grivoises sur l'éternelle vigueur sexuelle du père, c'est beaucoup plus qu'un baiser ça, il est toujours comme ça avec toi, tatie ? Mais au fond d'elle-même, elle saura pourquoi ils sont tous là, lui ne sera pas dupe non plus, il laissera faire, ravi de voir sa femme si joyeuse. Son autre intention secrète sera de célébrer le retour d'Édouard, sa façon à elle de dire aux invités que la famille a franchi un cap, qu'elle est désormais au complet, c'est si rare, elle tient à ce que son fils rencontre à nouveau tous ceux qu'il n'a pas vus depuis cinq ans et qui connaissent pour la plupart les raisons de son absence sans savoir exactement ce qui s'est passé, sauf Alfred, le grand-oncle de quatre-vingt-dix ans, qui croit que son petit-neveu travaille en Afrique, dans le commerce, où en Afrique ? On ne le lui a pas dit, le nom même d'Afrique a semblé suffisamment exotique et mystérieux pour qu'on n'ait pas jugé utile de préciser. Quant aux autres, ça reste flou, on parle de fausses factures, de déclarations de revenus erronées, on s'arrange avec le peu d'informations dont on dispose pour estimer que finalement ce n'est pas si grave, la famille c'est la famille, en réalité on ignore tout des affaires d'Édouard et on laisse le vieil Alfred imaginer que son petit-neveu a fait le tour du monde grâce à son travail, à chaque incarcération, on a choisi pour lui une destination différente plus ou moins lointaine en fonction de la durée de la peine, Paris, le Brésil, la Chine, New York et l'Afrique pour finir, il parle souvent de lui et de ses voyages quand on lui demande des nouvelles, il en retire une certaine fierté. Il y a aussi ceux qu'Édouard ne connaît pas, les enfants des cousins qu'il n'a pas vus naître, les époux et les épouses nouvellement arrivés, là encore, la mère entend rétablir un ordre auquel son fils a été soustrait jusqu'alors, qu'il rattrape les mariages et les baptêmes, les enterrements et les divorces, qu'il connaisse à nouveau la famille autant que celles et ceux rassemblés auprès de ses parents pour célébrer bruyamment la longévité de leurs noces.

Édouard a dit à sa mère, je m'occupe du champagne. Elle lui a répondu que ce n'était peut-être pas nécessaire, le mousseux ou la clairette suffiraient. L'essentiel était d'être tous ensemble. Il a insisté, bien sûr que c'est la peine, pourquoi ? Vous pensez que ce n'est pas pour vous ? Que vous n'êtes pas assez importants ? Faut arrêter avec ça. Quarante-quatre ans de mariage, ce n'est pas rien et moi ça me fait plaisir. Elle s'est donc inclinée. Puisque son fils le voulait, elle n'allait pas s'y opposer, elle a eu envie, pourtant, de le mettre en garde à nouveau contre ces dépenses inutiles, lui rappeler où tout cela l'avait conduit, lui répéter qu'ils n'étaient pas obligés de faire comme s'ils étaient riches, ça ne les dérangeait pas, eux, de trinquer à la clairette, ils acceptaient de ne pas rouler sur l'or, ils ne voulaient surtout pas vivre au-dessus de leurs moyens, elle aurait aimé que ce fils devant elle en fasse tout autant, pourquoi l'argent ? Pourquoi ce sentiment de n'être rien si le train de vie n'était pas celui d'un prince ? Pourquoi cette agitation permanente, pourquoi n'être jamais en paix, refuser d'entrer dans une routine qui rassurerait tout le monde ? Que s'était-il donc passé ? À quoi eux, les parents, n'avaient-ils pas fait attention pour qu'il en soit ainsi ? Parce qu'elle sait très bien qu'en plus du champagne, il y aura un cadeau de sa part, que celui-ci ne tiendra pas dans un mouchoir de poche, elle sait qu'il voudra une fois de plus faire les choses en grand. Elle n'est jamais parvenue à le refréner, ce n'est pas à présent, après ces cinq années, qu'il l'écoutera enfin, elle a bien compris qu'il s'agissait pour lui de tout rattraper, tous les anniversaires, toutes les fêtes, tous les cadeaux qu'il n'a pas pu faire, offrir le champagne, c'est commencer à rembourser ses dettes, donner ce qu'il n'a pas donné, elle reconnaît bien là son fils, se payer et payer aux autres ce qu'ils ne peuvent se payer, réparer ce que le salaire de son père n'a jamais réparé, aller chercher l'argent qui ne lui est pas destiné, mais tout cela la met mal à l'aise, elle se sent complice, elle profite des écarts de son fils sans pouvoir les empêcher.

Ce sont donc les parents qui invitent, mais chacun apportera du salé ou du sucré selon ce qui aura été prévu, Janine s'occupe du fromage, comme toujours, la tarte aux courgettes, c'est Yvette, le taboulé de Véro est toujours aussi bon, mais comment tu fais ? Oh tu sais, ce n'est pas compliqué, c'est long, mais c'est très simple. Les hommes se relaieront pour le barbecue parce que s'il n'y en a qu'un qui s'en occupe, on ne le voit plus, corvéable à merci, il ne mange rien alors que les autres s'empiffrent et ça, la mère ne le supporte pas.

On embrasse Édouard. On le reconnaît, on s'étonne des changements, on garde le sourire, quelques mots parfois, je suis content de te voir ou tu m'as manqué mon salaud, parfois juste une étreinte, une tape dans le dos ou sur la joue, le geste pallie l'impossibilité de prononcer une parole, Édouard a par instants l'impression qu'on le console, qu'on compatit comme s'il venait de réchapper à un accident mortel ou qu'il traversait un deuil.

Les plats des uns et des autres recouvrent la table, déjà garnie par ce que les parents ont préparé la veille, caponata, petits farcis, salade de riz mayonnaise au thon, salade de pâtes, charcuterie à volonté, sans oublier les saladiers de chips et les bols de cacahuètes, les tomates cerises pour celles qui ne mangent pas toutes ces cochonneries.

Convive A : Tu te gaves à l'apéritif et après tu n'as plus faim pour le reste.

Convive B : Sans compter que ces bols remplis de biscuits c'est pas très hygiénique, tout le monde y fourre ses mains, j'ai vu un reportage à la télé qui disait qu'ils avaient relevé des traces d'urine et de matières fécales dans les bols de cacahuètes, tu imagines ?

Convive A : Quelle horreur !

Convive C : Arrêtez vos conneries, comment tu veux qu'ils arrivent à retrouver ça, ils te font croire n'importe quoi.

Convive D : Non c'est vrai, je l'ai entendu moi aussi.

Convive C : N'importe quoi, c'est pareil pour tout alors. Le bol des tomates cerises, c'est pareil.

Convive B : Ah non, pardon, dans le bol des tomates cerises, tu peux en prendre une sans toucher les autres, ce qui n'est pas possible avec les cacahuètes.

Convive C : Ouais bon, en tout cas, ça ne va pas m'empêcher d'en prendre, c'est trop bon.

La terrasse est vite encombrée, on cherche de l'ombre, le père se charge de remplir les verres, en revanche pour ce qui est de la nourriture, chacun se sert, on fait comme chez soi, on peut fumer on est dehors, ça ne gêne personne, on égare son gobelet en carton, c'est toujours ainsi, la mère avait voulu inscrire le nom de chacun d'eux, mais le père avait dit hors de question, qu'est-ce que ça veut dire ? Quand on perd un verre on en prend un autre, il n'y a que celui qui ne boit pas qui sait toujours où est son verre, celui-là, il ne lui arrive jamais rien, les verres sont faits pour être perdus quand on trinque, c'est tout, et puis quand tu bois dans le verre de ton voisin, tu entres en contact avec lui, tu as peur de quoi ? Édouard partage l'avis de son père sauf que lui ne perd jamais son verre, il a toujours eu cette faculté à garder le contrôle, il peut boire, mais arrive un moment où il sait qu'il doit faire illusion, il boit alors plus de glaçons que de vin.

Vieil oncle : Alors le voyageur, comment vas-tu ?

Édouard : Mais bien. Toi aussi à ce que je vois. Un jeune homme on dirait.

Vieil oncle : Oh moi, tu sais, maintenant.

Édouard : Hé c'est comme ça. Mais c'est bien.

Vieil oncle : Je te trouve rayonnant, ça te réussit bien l'Afrique.

Édouard : C'est sûr, c'est passionnant, c'est intense aussi, t'as pas une minute à toi, mais je vais un peu lever le pied et travailler davantage par ici.

Il ne s'étend pas sur ses supposées missions. Les autres le regardent avec un léger sourire complice, ils s'approchent de lui, l'entraînent à l'écart pour lui éviter d'avoir à développer sur l'Afrique, ça le confondrait.

Convive 1 : Ça va Édouard ?

Convive 2 : Bois un coup.

Édouard : J'ai bu, j'ai bu, merci.

Convive 3 : Alors ? Ça va ?

Il y a ceux comme Gégé, Marie et André qui viennent franchement vers lui, lui parlent de leur vie, de leur progéniture, ils cherchent dans l'assistance les enfants pour les montrer, les belles-filles ou les gendres pour les présenter, on mesure alors le temps écoulé, mais la dernière fois que je l'ai vu il était comme ça, maintenant il te dépasse d'une tête, avec la petite moustache en plus, et elle c'est qui ? C'est ta fille ? Non ? Une jeune femme, on dirait ta sœur. Les nouveaux venus ou les jeunes qui ne se souviennent plus de lui restent interdits, c'est qui lui maman ? Édouard fait alors bonne figure, comment ça ? Tu sais pas qui je suis ? Et la mère essaie de rompre le malaise, mais enfin chérie, tu sais bien, je t'en ai parlé, c'est Édouard, mon cousin, tu sais Édouard, mais si, le fils de, le frère de, le papa de, si tu préfères. On est contents de se revoir après tant d'années. Mais il y a aussi ceux qui hésitent à s'approcher, les sourires crispés, les coups d'œil furtifs remplacent les contacts plus appuyés.

– En un éclair, je le remarque. Tu le sens ce genre de choses. Après chaque libération, quand on se revoit, ça me le fait. Je sais pas ce qu'on leur a raconté, je perçois une distance entre nous, peut-être plus à cause de l'absence que de la prison. Chaque fois, c'est comme si je venais de sortir la veille. Dans toutes les familles, y'a des brebis galeuses, j'entends cette phrase que personne ne prononce, je la vois plutôt quand ils se tiennent en face de moi, à distance, ils doivent la penser si fort qu'elle les trahit, alors on mange pour combler le vide, on rit fort, on parle des derniers résultats sportifs, des numéros du loto, parfois on se parle comme si on s'était vus la veille, mais ça ne change rien, on a beau faire, il y a toujours cette épaisseur qui empêche de nous approcher vraiment, on reste à la périphérie de nos craintes, on n'entre pas, on les recouvre de taboulé ou de salade, de merguez ou de chipo et tout ça dans un vacarme qui n'a rien à voir mais alors rien du tout avec les cris et les appels lancinants de la prison. L'idée aussi que chacun autour de la table est enfermé dans son rôle, celui qui raconte des blagues, celle qui fait la tarte aux courgettes qui ressemble le plus à celle de la grand-mère, celui qui comprend mieux le foot que personne, celui qui te fait la leçon pour voter, qui considère que ton opinion à toi n'est pas sensée, celle qui gère les comptes et qui te fait bien comprendre qu'elle n'est pas un panier percé comme toi. Y'a un mur entre nous impossible à franchir, y'en avait moins en prison, là-bas, tu savais qu'un jour tu les franchirais ce qui est plus dur pour les murs invisibles entre nous, cette histoire de murs, ça me fait encore penser à un livre que tu m'avais passé, le titre impossible de me rappeler, moi les titres, le mec il a fait des horreurs, il tue père, mère, flics, enfant, et il se trouve qu'il s'évade toujours. Quand on lui demande comment il fait, il dit, ça je l'ai retenu parce que c'est pas rien, on mettra jamais un mur, ne, on ne mettra jamais un mur entre la terre et le soleil ou l'inverse je sais plus, il dit qu'il faut toujours s'évader par le haut, parce que si tu cherches à traverser les murs, il y aura toujours d'autres murs et c'est à ce moment-là que je l'ai compris, face à tous ceux qui me regardaient en coin. On n'arrive pas à s'évader par le haut, on n'arrive pas à franchir les murs, on pense même pas à relever la tête donc comment tu veux ? Moi je crois que je me suis évadé par le haut comme il dit parce que j'étais en prison, que je ne pouvais plus tricher et le haut j'ai compris que ce n'était pas le toit, c'est l'âme, oui j'ai pas peur de le dire, l'âme, ce que tu ne peux jamais atteindre. Et dehors c'est pareil. Impossible de leur dire ça à la famille et à tous ceux qui sont ici, ils me répondraient que je suis encore en dehors de la réalité, mais comment il s'appelle ce putain de livre, c'est le nom du mec qui fait ces horreurs mais qui parle bien, un nom qui ressemble à doux ou sucré en italien, zucchero, mais en plus court, impossible que ça me revienne. Bref, je veux dire qu'arrive toujours un moment dans ces regroupements de famille où tu te sens traqué, tout le monde est au courant et personne n'ose t'en parler, tu comprends qu'ils savent ce que tu ne sais pas et toi tu sais ce qu'ils ne savent pas, c'est ça les murs, on m'observe, on parle de moi, mais on veut pas aller plus loin, on veut pas se déranger, se blesser, on parle pas de ce qui est délicat. Dehors, avec eux désormais, il y a d'autres façons d'appeler, de crier, de se noyer en restant sans réponse.

Édouard a même entendu sa tante Lise parler à sa mère comme s'il n'était pas là, au lieu de s'adresser à lui, elle employait, en le regardant, mais sans vraiment le voir, la troisième personne, ce pronom qu'on répertorie parmi les pronoms dits de l'absence, tu dois être soulagée, et il est sorti quand exactement ? Il aurait pu répondre, mais c'est sa mère qui a été la plus rapide, le 24 mai, le jour de la mort de Claude Piéplu. Et il n'en faut pas plus pour que d'autres, entendant le nom de l'artiste – Piéplu, Piéplu, tu as dit Piéplu ? –, se mêlent à la conversation, reléguant Édouard hors de leur nouvelle et subite préoccupation, une belle vie quand même, quatre-vingt-trois ans, c'est beau. Moi j'aimais bien ses Shadoks, ils me faisaient rire.

– Tu es au cœur de la discussion et d'un seul coup tu t'aperçois qu'il y a quelque chose de plus important, toi tu restes en plan comme un con, tu essaies de continuer, mais très vite tu vois que le fil est rompu, tu parles dans le vide, tu t'arrêtes et personne s'en aperçoit parce que le nouveau sujet de conversation est plus intéressant et là tu te rends compte qu'on t'écoutait par politesse ou du moins parce qu'on n'avait rien de mieux à se mettre sous la dent, c'est pas violent, ça ? On te parle, ou plutôt on parle de toi et hop dans la seconde, on t'abandonne pour passer aux Shadoks qui pompent comme des cons, c'est pas violent ? J'ai jamais pu supporter ces conneries, les Shadoks, ça les dérange pas de pomper, de se crever à pomper, c'est ça qui leur plaît ? Des mecs qui pompent, qui se soumettent, moi, ça pourrait me coûter le bonheur de ma vie, mais je le ferais jamais.

Soudain le groupe Piéplu crie, éclate de rire, le reste de l'assemblée, surpris, s'interrompt, se retourne, marque un temps d'arrêt avant que le brouhaha ne reprenne, Michel, l'aîné des cousins, avec un débit rendu difficile par les nombreux verres avalés, vient de préciser qu'il y a pomper et pomper, qu'il y a ceux qui aiment bien ça, pomper, la question est de savoir ce qu'ils pompent, Oooooh Michel, tu es trop toi, tu changes pas. Édouard, sur la touche, sourit pour faire partie de la famille malgré tout, mais la mère, ne le perdant pas de vue, voit bien qu'il s'agit d'une grimace de circonstance. Elle perçoit également le moment exact où son regard balaie l'espace extérieur et se fixe sur un point précis. Édouard découvre son fils à côté de son frère, très proches l'un de l'autre, ils discutent, rient, se tapent dans les mains, se tiennent par l'épaule, ses deux neveux les rejoignent, puis sa belle-sœur. Il ne peut détacher ses yeux de la scène. Si on ignorait tout, on pourrait penser que le frère d'Édouard est entouré de ses trois enfants et de son épouse, qu'ils sont heureux, complices, qu'ils aiment bien ces réunions où l'on se sent unis, où l'on prend encore plus la mesure de notre appartenance à un clan, un premier cercle, à l'intérieur d'un cercle familial plus large. Édouard avale une gorgée, une autre, le volume sonore monte, quelqu'un a lancé la musique que les parents aiment écouter, *Emmenez-moi au pays des merveilles, il me semble que la misère serait moins pénible au soleil*, tu parles, il faut arrêter avec ces conneries, le soleil tape, les parasols sont tous occupés, Édouard est obligé de transpirer s'il veut continuer à observer sa misère à lui qui serait la même en plein cagnard ou sous les neiges du Kilimandjaro, tiens il suffit d'y penser pour qu'elle arrive à la suite de la misère au soleil, vieux et jeunes reprennent le refrain et se dandinent, *Elles te feront un blanc manteau, où tu pourras dormir, dormir, dormir*, lui aussi voudrait s'allonger et dormir, ne plus crever de chaud à subir, la misère c'est lui au soleil avec son fils à l'ombre qui regarde son oncle comme il regarderait un père, il ne me regarde jamais ainsi, pense-t-il, il y a dans ses yeux une lueur qu'il ne retrouve pas quand ils sont tous les deux, et maintenant c'est Johnny qui enchante la famille, *Que je t'aime, que je t'aime, que je t'aime, que je t'aime, que je t'aime, que je t'aime.*

– Au milieu de tout ce bordel, je les vois ensemble, c'est insupportable, je me sens pas à ma place, comment ils en sont arrivés là ? La complicité. L'impression que c'est lui le père, que mon fils est plus naturel avec lui qu'avec moi, qu'il ne se contrôle pas comme avec moi, qu'il se méfie pas, qu'il peut se tromper, c'est pas grave. Là j'ai envie de me battre, prendre mon frère par le col et lui en filer une, mais tu te prends pour qui, dis, petit con ? Reste à ta place, c'est moi le père. Je deviens fou, je me dis qu'il est de mèche avec Nath, je m'invente des histoires pour le détester davantage parce que s'il y a une arête qui ne passe pas c'est qu'il ne soit jamais venu me voir en cinq ans, pas une seule fois.

Allez, viens, on va servir le gâteau. Sa sœur le prend par la taille, ça se passe bien non, tu ne trouves pas ? Il la suit, la boule au ventre, il laisse le champ libre à son frère. Il se demande comment il va les retrouver, peut-être seront-ils encore plus proches à son retour, peut-être seront-ils allés faire un tour parce qu'ils trouveront que c'est un peu ronflant cette fête et qu'ils ne reviendront que pour trinquer, il se met à croire au vide auquel il serait une nouvelle fois confronté si cela avait lieu, la privation une fois de plus, le ratage et le sentiment de toujours courir après ce qui reste inatteignable, pourtant il court vite, il a repris, trois fois par semaine, il oublie tout quand il court, il regarde sa montre et s'aperçoit qu'il est déjà parti depuis une heure, mais que s'est-il passé durant cet intervalle où le rythme de ses foulées l'a extrait du monde ? Ce n'est qu'en s'arrêtant, qu'en revenant à lui, qu'il ressent les crampes, la nausée jusqu'à vomir la bile, le fiel.

Dans la cuisine, il tombe sur le frère qui prépare les flûtes, il n'est donc plus avec son fils, mais celui-ci n'est pas loin, il rejoint son oncle.

Édouard : Viens me filer un coup de main, mon fils, puisque tu es là.

Fils : Qu'est-ce que je fais ?

Édouard : On va chercher les gâteaux dans le garage, je peux pas les prendre tout seul.

Les voilà enfin ensemble pour la première fois depuis que la fête bat son plein. Mais tout va trop vite, impossible de se retrouver, se poser, se regarder autrement, se dire ce qu'on n'a pas pu se dire jusqu'alors, ce qui a été mal vécu pendant ces cinq ans, ce qui a été bien vécu, ce que le fils pense de lui, pense vraiment de lui, est-ce que c'est mieux finalement avec tonton ? C'est parce qu'il est plus jeune ? Lui a-t-il parlé de lui pendant qu'il était incarcéré ? Lui a-t-il dit pourquoi ? Lui a-t-il fait croire des choses qui n'ont pas eu lieu ? Lui a-t-il menti sur son compte ? Depuis plus de deux mois, Édouard n'a toujours pas réussi à poser ces questions à son fils, ils parlent souvent ensemble, s'enquièrent l'un de l'autre, mais l'objet de leurs échanges n'entre pas dans des considérations aussi cruciales. D'ailleurs, à peine rendus dans le garage, les voilà déjà revenus, les bras chargés du dessert, chaud devant.

Frère : T'es d'accord que je m'occupe du champagne ou tu préfères le faire toi ?

Édouard : Non pourquoi ? Vas-y si ça te fait plaisir.

Frère : Comme c'est toi qui l'as payé, je

Édouard : C'est pas grave ça, t'inquiète, fais-le.

– En fait, à ce moment-là, je meurs d'envie de lui casser une bouteille sur la tronche. Pourquoi il me demande ça ? Me le demande comme ça ? Il sait qu'on a des points à éclaircir et qu'on ne le fait pas, que je suis pas avec lui comme je suis avec ma sœur, ça se voit, elle a été là, elle, depuis mon premier séjour, jusqu'à ma dernière, c'est elle qui m'a simplifié les derniers mois et à la sortie avec Léti, mais y'a pas que ça, elle sait qu'elle peut compter sur moi comme j'ai pu compter sur elle, c'est elle qui me disait ce que ma mère n'osait pas me dire au parloir, c'est elle qui me parlait de mon fils quand Nath refusait de signer ce putain de papier qui aurait autorisé ma mère à me mener le petit, les photos de lui c'est elle aussi, même si c'était trop, je voulais plus qu'elle m'en apporte, je ne voyais pas mon fils grandir, mais changer de photos en photos, je voyais de lui ce que je n'aurais pas voulu voir, comment il était coiffé, comment il regardait l'objectif, des fringues que je ne lui aurais jamais achetées, sur les photos c'est mon absence que je voyais, c'est sa vie sans père, ça se voyait comme le nez au milieu de la figure, mais ça mon frère, il s'en fout, il a été content de me revoir quand je suis sorti, c'est ce qu'il m'a dit, mais il ne s'est pas expliqué sur son absence, ses silences et s'il ne me dit rien, je ne dis rien non plus, c'est à lui à faire le premier pas, j'étais pas là pendant cinq ans, mais lui non plus n'était pas là, y'avait pas que moi.

Quand Édouard allume les fontaines lumineuses sur le gâteau, son fils pousse un cri et se recule.

Édouard : Qu'est-ce qui t'arrive, t'as peur de ça ?

Fils : Non j'ai pas peur.

Pourtant le cri est là, un cri qui n'est pas à sa place et qu'Édouard ne voudrait pas entendre chez son fils, crier pour ça ? Ça veut dire quoi ? Il aurait donc peur de quelques étincelles ? Un cri trop aigu qui le met mal à l'aise, si on ferme les yeux on pourrait penser que c'est un cri de fille. Cette pensée le travaille au moment d'apporter le gâteau et d'entonner avec tout le monde *Happy Beursdé*. De son malaise, on ne voit rien car Édouard comme les autres chante à tue-tête et invite à recommencer, mais en français cette fois, parce que faut pas oublier qu'on est encore en France. C'est le moment où l'on s'embrasse, on prend des photos, Édouard découpe et apporte le gâteau avec sa sœur, son fils avec ses cousins servent les coupes que son frère remplit, les parents ouvrent l'enveloppe et découvrent ce que la participation de chacun a permis : un voyage organisé d'une semaine au Pays basque en pension complète à l'hôtel *Le Grand Large* de Biarritz, avec des visites tous les jours, plus le supplément demi-journée shopping pour les bonnes affaires à Irun.

Mère : Vous êtes fous, c'est trop !

Et ils hissent leurs verres pour inviter à trinquer tous ensemble, mais on les somme de dire quelques mots, un discours, un discours, un discours. Étonnamment, c'est le père qui se racle la gorge.

Père : Bon moi, euh, comment ? Les discours, c'est pas mon truc, on voulait vous dire merci pour ce voyage.

Mère : Fallait pas, vraiment, le Pays basque on a toujours voulu y aller, mais euh

Père : On voulait surtout vous dire merci d'être là. Euh, bien sûr on pense

Mère : Oui à ceux qui ne sont plus parmi nous

Père : Oui ceux qui sont plus là, mais, euh, aujourd'hui on veut aussi penser à ceux qui nous reviennent, ceux-là on voudrait leur dire qu'on les aime, y'a pas d'autres mots, on les

On ne veut plus qu'il(s) reparte(nt), ponctue la mère en essuyant une larme. Silence. Bravo et applaudissements. On s'embrasse à nouveau. Édouard étreint son père, embrasse sa mère, il est interrompu par la canne de l'oncle Alfred, tout rougeaud, t'as compris le voyageur ? Ils veulent que tu restes en France maintenant.

Quel est donc ce geste, à présent, que le fils répète depuis un moment ? Sa main effleure ses cheveux au-dessus du front, les caresse pour en sentir la rigidité sculpturale sous l'effet du gel solidifié, il aime bien cette sensation que procure la fixation ultraforte, quand ses doigts atteignent les mèches transformées en épis solides et indépendants, ils semblent sur le point de se détacher de son crâne. Édouard l'avait bien remarqué à la maison, mais aujourd'hui, au milieu d'autant de monde, le geste lui paraît plus appuyé, peut-être plus libre, moins contrôlé.

– Tu remarques des détails forcément quand tu n'as pas vu les personnes depuis un certain temps, tu reviens et c'est plus facile de voir chez eux ce qui a changé. Là je vois mon fils qui marche sur la pointe des pieds, qui se passe la main dans les cheveux une fois deux fois cent fois par jour, il crie quand il a peur, et ça c'est un truc que je supporte pas, je sais qu'il y est pour rien, mais je supporte pas, je l'aime, mais je supporte pas, des questions, tu es obligé de t'en poser, mais à lui tu lui en poses pas, tu le reprends, tu lui parles comme si tu parlais à un copain de l'armée, tu es un peu lourd dans ce que tu lui dis pour faire comme si tu ne remarquais rien ou que ça te dérangeait pas ou que ce n'était pas grave, pas trop faire le psy, alors tu balances des trucs du style, arrête-toi un peu de te toucher les cheveux, ou pourquoi tu ne marches pas comme moi en appuyant bien les pieds dans le sol ? Arrête de crier comme une gonzesse. Ça, je dois dire, je le crains, je préférerais qu'il lui arrive un accident plutôt qu'il soit comme ça, mais c'est sa mère, comme j'étais pas là, elle a été trop laxiste. Qui il voyait comme homme ? Mon père, mais mon père c'est pas pareil, il est vieux. Mon frère, par contre, il l'a beaucoup vu, mais je sais pas ce qui s'est passé avec lui, il jouait plus un rôle de copain ou de frère que de père, c'était que de l'amusement.

Les invités sont désormais partis, ravis de leur journée, merci encore, c'était super, faut recommencer très vite. Il ne reste que les trois enfants, leur conjoint et les petits-enfants, on s'affaire à la vaisselle, on enlève les tréteaux, on refixe sur les gonds les portes qui servaient de tables, on tire les meubles, on les remet à leur place, la mère propose qu'on finisse les restes, entre nous, mais les restes ne sont jamais les restes, elle ajoute pour les plus jeunes, comme la tradition l'exige depuis qu'ils sont petits, un kilo de coquillettes au beurre avec du jambon haché et pour les autres, une soupe à l'oignon est déjà prête, histoire de se rincer un peu après tout ce qu'on a mangé et bu. C'est à cet instant que le frère demande à Édouard s'il a des nouvelles de Nath. Il répond qu'il en a vaguement, par l'intermédiaire de son fils, mais qu'il ne cherche pas à en avoir davantage après les saloperies qu'elle lui a faites.

– Mais je le connais mon frère, je sais que s'il me pose cette question, c'est qu'il a quelque chose derrière la tête. Je reste calme.

Frère : Quelles saloperies ? Tu exagères, il faut la comprendre aussi. N'oublie pas que c'est elle qui a mis ton fils au monde.

La mère qui entend sait que l'échange peut rapidement déraper, c'est du passé tout ça, on n'en parle plus lance-t-elle en rangeant les flûtes, mais Édouard ne peut souffrir le ton moralisateur qu'il perçoit dans la bouche de son frère, cette place qu'il est en train de lui ravir, comme s'il était l'aîné des deux, comme si, bien qu'il soit plus jeune, il avait acquis les galons lui permettant de le prendre de haut, sa façon de dire *il faut* ou *n'oublie pas que* lui est intolérable, il se sent diminué, quoi on ne le prendrait plus au sérieux ? Il serait donc toujours en dehors de la réalité, ne saurait pas ce qu'il fait alors que son petit frère, lui, aurait la tête sur les épaules, plus de crédit ? Non il n'oublie pas, lui répond Édouard, il n'oublie jamais, ce n'est pas le genre, pas comme lui, son frère, le seul frère qu'il ait et qui l'a oublié pendant cinq ans, pas une seule visite au parloir, pas une explication.

Édouard : Alors c'est bien beau de faire le fils raisonnable de la smala, mais avant de parler et de faire la morale aux autres, il faut aussi se remettre en question et savoir de quoi l'on parle. Parce que quand tu dis qu'il faut la comprendre, il ne faut pas oublier, il faut, il faut, t'as que ce verbe à la bouche, il faut, il faut, et tu ne sais pas toi qu'on appelle ça un verbe modal, c'est normal tu n'as jamais mis les pieds dans une prison ni même dans un parloir, tu ne peux pas savoir, mais tu fais celui qui sait, moi je l'ai appris en prison comme plein d'autres choses d'ailleurs, je ne l'ai pas appris à l'école, je ne l'ai pas appris ici, ni dehors, je l'ai appris en prison.

Frère : Et alors quel rapport ?

Édouard : Quel rapport ? Je vais te dire quel rapport. Parce que c'est ça que tu veux entendre, c'est ça que tu me lances à la gueule sans en avoir l'air, la prison, j'y suis allé, j'en sors, et dans ta tête on reste un éternel délinquant, un mec irresponsable, mais je vais te faire plaisir, tu as raison, quand on entre en prison on y entre pour toute la vie, perpète, ce que tu me dis en est la preuve vivante, tu peux pas te l'enlever de la tronche, tu peux pas me voir sans y penser, tu te sens supérieur, plus pur que moi, plus fils que moi, plus père que moi.

Frère : Mais ça n'a rien à voir.

Édouard : Oui ça a à voir, c'est toi qui comprends rien et qui fait le mec. « N'oublie pas que c'est la mère de ton fils », non j'oublie pas, t'inquiète, mais je n'oublie pas non plus ce qu'elle a fait quand j'étais pas là, comment elle a manipulé mon enfant et le reste de la famille pour que tous lui donnent raison, ou du moins *comprennent* comme vous dites, mais comprendre quoi ? Qu'elle est libre dehors et moi cloué dedans pendant cinq ans ? Comprendre qu'elle vit son histoire d'amour ? Comprendre qu'elle veut pas signer de papier à maman pour amener le gamin au parloir ? Non je comprends pas. Et je comprends pas non plus que mon frère ne soit jamais venu me voir. Pas une seule fois.

Édouard déballe tout. Dans son esprit les hostilités sont lancées, on va enfin écouter ce qu'il a sur le cœur, l'occasion de dire à son frère ses quatre vérités. Les parents vont et viennent, on pense qu'ils ne saisissent pas tout et surtout ne veulent pas s'en mêler.

Mère : La soupe est bientôt chaude.

Les enfants, cousins, cousines, comme d'habitude quand ils sentent que les discussions des vieux s'enflamment, ont pris la tangente dans une chambre du fond, ils mangent leurs coquillettes devant la télé, ils zappent, boivent des sodas parfois mélangés à du whisky dérobé dans le cellier, les plus âgés se penchent à la fenêtre pour fumer, font tirer leurs premières taffes aux plus jeunes et si l'odeur s'infiltre dans la pièce, ils vaporisent du Brise fraîcheur marine qu'ils ont trouvé dans les toilettes juste en face, c'est le moment de la journée qu'ils préfèrent, à l'abri des regards, les adultes ne sont pas dupes, ils ferment les yeux, ces conneries on les a tous faites, et ça ne nous a pas tués. Édouard s'apprête à continuer sur sa lancée, mais la sœur envoyée par la mère intervient.

Sœur : Édouard, ça va, tout de suite tu montes dans les tours, mais c'est pas ça qu'il te dit, il essaie de te faire comprendre que

Édouard : Il essaie de me faire comprendre ? Mais il n'a rien du tout à me faire comprendre, qui il est lui pour me faire comprendre ?

Frère : Ton frère, j'suis ton frère, rien que ça mais on s'en fout, pas grave.

Édouard : Mon frère ?

Frère : Parce que, je vais te dire une chose, soi-disant tu n'oublies jamais, mais c'est quand ça t'arrange seulement. En fait des autres, tu t'en fous, tu veux qu'ils soient à ton service, qu'ils viennent te rendre visite, mais moi non plus tu ne m'as pas rendu visite pendant cinq ans, du jour au lendemain tu me prives d'un frère, de pouvoir lui parler, de lui demander un conseil, de lui dire que ça ne va pas, tu ne sais même pas comment on va, si ça se trouve j'ai un cancer comme papa et tu ne le sais pas.

Sœur : Dis pas de conneries.

Frère : Je dis pas de conneries.

Édouard : T'as un cancer, toi ?

Frère : Ça ne te regarde pas. Il ne s'agit pas de toi donc ça te regarde pas. Tu te plains qu'on vienne pas te voir, tu penses qu'à toi, tu fais tes coups sans rien demander à personne et quand tu es dans la merde et que tu fous tout le monde dans la merde, tu exiges qu'on vienne te voir, parce qu'il faut le savoir ça, tu n'engages pas que toi dans tes affaires, il y a nous aussi, alors non, tu vois, j'ai pas envie d'aller voir mon frère en prison, j'aurais préféré partir en vacances avec lui, prendre l'apéro, aller n'importe où avec lui, mais la prison, non, j'ai suivi l'exemple de papa. Lui aussi tu l'as oublié quand tu faisais tes coups.

Mère : Bon, nous on se sert, ça va être froid.

Édouard : Ne parle pas sans savoir, ne parle pas à sa place. T'es pas son avocat.

Sœur : On arrive maman, deux minutes.

Frère : Tu as tenu compte de ce que te disait papa ?

Édouard : Ne mets pas papa au milieu, c'est pas ton problème, je me suis expliqué avec lui, il m'avait prévenu, contrairement à toi, qu'il ne reviendrait pas, mais il était venu avant, chaque semaine, c'est pas pareil et puis je sais moi que dès que maman retournait dans la voiture, sur le parking, il ne se passait pas une seconde avant qu'elle lui donne de mes nouvelles. Papa savait, lui, comment j'allais.

Frère : Moi aussi je savais, moi aussi je demandais, on parlait souvent de toi.

Sœur : Tout le temps on en parlait, c'est vrai.

Frère : Même si on ne voulait pas, maman y tenait, elle donnait des nouvelles, elle n'attendait pas qu'on en demande, elle parlait que de toi, si elle ne nous avait pas vus depuis une, deux semaines, elle appelait non pas pour prendre de nos nouvelles, mais pour nous donner des tiennes. Il fallait supporter ça aussi, toi tu ne le sais pas, tu sais pas ce qu'on a enduré à cause de tes conneries. Absent, tu prenais encore plus de place que si tu étais là et on te traînait comme un boulet, quelle place il nous restait à nous ? Et tu aurais voulu qu'en plus je vienne te voir ?

Sœur : Ce qu'on veut te dire c'est qu'on sait très bien que c'était dur pour toi, et tu sais que je suis bien placée pour en parler, mais ça n'a pas toujours été facile pour nous non plus. On ne te reproche rien, mais

Édouard : Toi tu me reproches rien, je le sais, mais lui, il ne fait que ça, ses silences, sa façon de parler de ma femme, de se comporter avec mon fils, tout est différent de ce que je fais, c'est pas la différence qui me gêne, c'est que cette différence, il l'affiche comme une médaille, l'air de te dire que c'est comme ça qu'il faut faire. Toi tu expliques, tu viens me voir, lui il te fait la morale ou il se tait et c'est pire que tout.

Mère : Elle est bonne la soupe à l'oignon, enfin c'est bon quand c'est chaud, vous venez toujours pas ?

Sœur : On arrive.

Frère : Je ne fais pas la morale, t'es complètement parano, c'est fini l'époque où c'était toi qui parlais, où il fallait se taire, on n'est plus des minots, les choses ont changé.

Édouard : Tu vois ? Ne me dis pas qu'il ne fait pas la morale, là. *Les choses ont changé*. Qui parle comme ça ?

Frère : Oui les choses ont changé, que tu le veuilles ou non, mais à cause de tes séjours comme tu dis, tu ne les as pas vues changer, je ne suis plus le petit frère à qui tu pouvais faire croire n'importe quoi, le petit frère qui te suivait partout, j'ai trente-six ans, j'ai une femme, deux garçons, peut-être un cancer, je suis

Édouard : Tu casses les couilles avec ça, tu l'as ou tu l'as pas ?

Frère : Je suis lucide moi aussi, pas besoin d'aller en prison pour apprendre à vivre et quand je te dis qu'il faut la comprendre, je ne dis pas que c'est bien ce qu'elle a fait, mais je te dis que quand toi tu rentres en prison, c'est un peu comme si tu l'abandonnais.

Édouard : Moi je l'ai abandonnée ? De quoi tu parles, toi ? Tu connais quoi ?

La chaise bascule et s'écrase au sol quand Édouard se dresse face à son frère.

Pièce rapportée 1 : Allez Édouard, c'est bon, laisse tomber.

Pièce rapportée 2 : Ça va, arrêtez maintenant, vous n'allez pas vous battre devant vos parents ?

Sœur : Assieds-toi Édouard, ça va.

Frère : Tu peux gueuler plus fort, ça ne fait plus peur à personne, c'est fini ça.

Sœur : Toi aussi, arrête.

Pièce rapportée 2 : Moi, ça me fait peur.

Édouard : T'as de la chance qu'on soit ici, qu'il y ait ma sœur et mon fils, qu'il y ait papa et maman. Putain.

Le silence.

Mère : La soupe, vous n'en voulez pas ? Elle est froide maintenant. C'est plus la peine. Je préfère que vous rentriez, j'ai pas envie de vous voir vous disputer, après cette journée, que tout soit gâché.

Frère : Mais non, m'an, on discute, ça va, t'inquiète.

Pièce rapportée 1 : Non ça va, ne vous inquiétez pas, je vais la réchauffer la soupe, tout va bien.

Le père qu'on a oublié devant la télé n'a rien manqué de l'échange. Il entend quand il décide d'entendre. Il se redresse en deux temps, aïe, et s'approche. La mère se tient juste derrière.

Père : Si je te dis quelque deux mots, moi, mon fils, tu ne vas pas me frapper ? Tu ne vas pas t'énerver ?

Édouard : Toi tu peux tout me dire. Je t'ai tout pris.

Sœur : Dis pas ça.

Père : Je vais te dire ce que ton frère a vu pendant ces cinq ans et qu'on a tous vu ici.

Frère : J'ai pas besoin que tu me serves d'interprète.

Père : Comment ?

Frère : Laisse tomber.

Père : Laisse-moi parler sans m'interrompre. C'était la nuit surtout que le petit était malade. Il vomissait, une fois, deux fois, et encore, jusqu'à ce qu'il ne puisse plus rien vomir, il perdait du poids, le docteur ne comprenait pas. Elle, elle travaillait tous les jours chez Citroën et la nuit, elle se levait, elle vidait les bassines de vomi de ton fils, elle le gardait dans son lit pour qu'il dorme, parce qu'il avait peur aussi la nuit, il avait peur qu'on vienne la chercher comme on était venu te chercher. Toi pendant ces nuits tu dormais là-bas, ou si tu ne dormais pas, ce n'était pas à cause de ton fils qui vomissait, on te l'a jamais dit, le matin tu te levais, on t'apportait ton déjeuner, on s'occupait de tout, tu savais très précisément quand on te servirait le repas, quand tu descendrais en promenade, quand tu avais tes activités, là-bas, tu étais disponible pour toi, tu es devenu quelqu'un d'instruit, tu ne parles plus comme tu parlais avant, tu as rencontré d'autres personnes que tu n'aurais jamais rencontrées si, comme elle, tu étais resté ici à t'occuper de ton fils jour et nuit, tu n'aurais pas eu le temps pour ça, là-bas rien ne pouvait t'arriver, ta vie était réglée comme du papier à musique, tandis qu'elle tous les jours, toutes les nuits, elle ne savait pas ce qui pouvait se passer avec lui, combien de fois l'école a téléphoné pour qu'elle vienne le chercher ? Combien de fois elle nous a appelés parce qu'elle ne savait plus quoi faire avec lui ? Elle venait parfois au milieu de la nuit, en larmes, je n'arrive pas, je n'arrive plus, elle disait, on prenait alors le petit pour qu'elle se repose. Mais elle n'a jamais abandonné, tout ce qu'elle faisait c'était pour lui, tout ce qu'elle gagnait aussi, elle lui achetait tout.

Édouard : Ça je sais, mais c'est pas bien.

Père : C'est pas bien ? Ah c'est pas bien ! Mais qui tu es toi pour dire c'est pas bien ?

Édouard : Son père.

Père : Non mon fils.

Édouard : Comment ça non ?

Père : Pendant cinq ans tu n'as pas été son père.

Édouard : Quand on est père c'est pour toute la vie, non ?

Père : Non. C'est pour chaque jour. Quand on est père, on ne dort pas la nuit si son fils vomit, on surveille son poids, sa taille, on ne le voit pas grandir à force de ne pas le quitter des yeux, toi tu l'as trouvé changé quand tu es sorti, tu me l'as dit, c'est bien la preuve que j'ai raison, quand on est père, on sait ce qui ne va pas, pas besoin de parler, on cherche ce qu'on a pas fait pour lui, ou mal fait, on s'engueule, on voit le chemin qu'il prend de traviole, on ne peut pas l'en empêcher et c'est pire que tout, on se fâche, on ne veut plus le voir pour le punir, mais on se tire une balle dans le pied, on se punit nous-même, on voudrait revenir en arrière et ça nous ronge, que le fils se perde ne suffit pas, on le voit se perdre, ça nous est donné à voir et ça, tu préférerais crever plutôt que le vivre. Cinq ans comme ça. Je suis d'accord avec toi, elle n'a pas toujours bien agi, elle lui a passé beaucoup de choses pour compenser, mais il fallait être là pour lui dire, et celui qui le lui disait parfois c'était ton frère.

Édouard : Ça l'arrangeait bien.

Père : Non il ne mangeait pas bien. Qui ? Ton fils ?

Édouard : ÇA L'ARRANGEAIT BIEN ! j'ai dit

Père : Non. Tu te trompes. Ça ne l'arrangeait pas. Il avait sa femme à s'occuper, ses deux fils

Édouard : Et son cancer

Père : Mais il l'a fait parce qu'il voyait comment ça tournait et puis un jour je sais pas comment ça s'est passé

Édouard : Moi je sais.

Père : Il y a eu ce bonhomme, il travaillait avec elle, il la voyait arriver la tête à l'envers le matin, la journée, elle partait parfois en catastrophe à cause de ton fils, alors il était là, ça s'est passé comme ça, on ne l'a jamais vu, ça tu peux me croire, mais le petit allait mieux, il l'a aidée, nous, je te dis pas que ça nous faisait pas drôle, on aurait préféré que ce soit toi qui règles les problèmes, mais comment dire ? Tu n'étais pas là. Pas là pendant cinq ans.

Édouard : Si je comprends bien tout le monde est d'accord pour dire que c'est un saint l'autre ?

Sœur/Mère/Pièce rapportée 2 : Non

Mère : On n'a pas dit ça.

Père : C'était pas un saint, non, mais tu n'en es pas un non plus. Et puis ça n'a pas duré plus d'un an cette affaire.

Édouard : Ah alors ça va ! C'est rien.

Père : J'ai pas dit ça, mais le petit allait mieux, et d'ailleurs dès qu'il est allé mieux, ça s'est terminé.

Édouard : Donc, en fait, il a juste couché avec ma femme pour que le petit aille mieux.

Sœur : Parle plus doucement.

Édouard : Pas la peine, j'ai rien à cacher, il connaît toute l'histoire, mon fils, mais alors comment tu expliques que le petit, elle ne s'en occupait plus quand elle était avec lui ? C'est vous qui le gardiez et elle ne voulait surtout pas vous signer le papier pour qu'il vienne me voir ?

Père : Je n'explique rien. Nous ce qu'on voyait c'est qu'il allait mieux.

Édouard : Finalement là-dedans, c'est moi le bon à rien, c'est moi qui a tous les torts, qui ai, c'est moi qui ai tous les torts, je n'avais qu'à pas me faire arrêter, je suis trop con, c'est ça ?

Père : Tu aurais fait comment toi, seul avec un enfant ? Sans femme ? Tu aurais attendu cinq ans que ta femme revienne, tu l'aurais attendue ?

Édouard : Je sais pas. C'est pas pareil.

Père : Tu sais très bien.

Pièce rapportée 2 : Moi je sers la soupe. Qui en veut ?

Frère : T'as qu'à servir tout le monde, on vient maintenant.

Édouard : Non, moi je vais rentrer. Je vous laisse.

Sœur : Mais non, reste.

Frère : Reste, maman a fait la soupe à l'oignon.

Édouard : Non merci. Si c'est juste pour manger la soupe à l'oignon, ce n'est pas la peine que je reste.

Sœur : Reste.

Frère : Putain reste.

Édouard : Pourtant je l'aime cette soupe, c'est même moi qui lui ai demandé si elle en ferait ce soir, depuis cinq ans j'en ai perdu le goût. J'étais impatient de la goûter à nouveau, mais après tout ça, je ne digérerai plus rien. Et si je ne la mange pas, je ferai une fois de plus de la peine à maman, une fois de plus vous pourrez me dire que je suis le vilain petit canard, une fois de plus je vous ferai faux bond et vous ramasserez les morceaux. J'ai bien compris ce que vous dites, n'être pas là est plus facile qu'être là, OK, papa se meurt à cause de moi, OK, il ne veut plus venir me voir, mais ne pense qu'à moi, il s'est adressé à moi ce soir comme il ne s'est jamais adressé à vous, en fait vous avez eu le malheur d'être là dans le vide que j'ai laissé, c'est de moi qu'on se souciait, pas de vous et ça, ça vous est resté en travers, surtout à toi. J'ai bien compris aussi que si je n'ai pas été père pendant cinq ans, je n'ai pas non plus été un frère, un fils, c'est ça ? Tu ne me l'as pas dit papa, mais je l'ai bien compris. Il est où papa ? Mais n'être pas là, je l'ai pas choisi, il faut pas l'oublier, moi aussi je peux dire il faut, peut-être parce qu'on est de la même famille, je ne suis pas parti en voyage, j'ai pris des risques d'accord, mais je n'ai pas choisi d'y entrer et je m'attendais surtout pas à entendre tout ça en sortant, je m'imaginais les choses autrement, parce qu'en taule, on imagine beaucoup et l'on se trompe beaucoup aussi, la preuve. Tu sais où il est papa ? Je pensais que tu t'expliquerais sur ton absence et que ce serait réglé, retrouver moins de tensions, plus de joie, c'est comme ça que ça se passe en principe, quand celui qu'on croit disparu revient, on fait la fête, on l'embrasse, on ne parle pas du passé, y'a plein de textes qui racontent ça, on m'en a fait lire un en prison : tout le monde veut faire la fête quand le fils qu'on croyait mort revient, tout le monde, sauf le frère, parce qu'il dit que celui qui revient était tranquille, s'est bien amusé alors que lui, le fils qui est resté, n'est jamais récompensé de sa présence et tu sais ce qu'il répond le père ?

Frère : *Mon enfant, toi tu es toujours avec moi et tout ce qui est à moi est à toi.*

Édouard : Tu connais ?

Frère : Oui, mais je ne l'ai certainement pas lu comme toi.

Édouard : *Parce que ton frère, lui, était mort et*

Frère : *Et il vit.*

Édouard : *Et il vit.* C'est ça qu'il dit le père au fils qui voit d'un mauvais œil ces retrouvailles. Mais putain il est où papa ?

Le fils d'Édouard fait irruption dans la pièce avec ses cousins, agités, paniqués, venez vite, y'a papy, il est comme ça, par terre, en travers dans le cabinet.

Frère : Putain, vite, viens.

Édouard : Mais qu'est-ce que tu fous, toi, avec cette bombe Brise dans les mains ?

Le fils : On s'amusait. Je la ramenais aux vécés. On s'amusait, c'est tout et pépé, le bruit.

Là encore, ce sont des pages et des pages qu'il faudrait laisser blanches pour signifier les années écoulées depuis 2006, date de la dernière sortie de prison d'Édouard Bonnefoy, des pages et des pages qui permettraient de signaler qu'on a opéré un bond de dix-neuf ans jusqu'à aujourd'hui, mettant soudainement en scène un personnage principal âgé désormais de cinquante-neuf ans, orphelin de père, toujours libre, pénalement parlant, et son fils qui vient de fêter ses trente-trois ans. Avec ces pages blanches, on entrerait alors tranquillement dans une troisième partie qui passerait sous silence un temps long, mais que l'on ne jugerait pas suffisamment important pour le suivre dans les détails, on s'autoriserait ainsi à croire qu'il y a des périodes à garder et d'autres à sacrifier, une telle ellipse reviendrait à minimiser ces dix-neuf années alors qu'elles ont été essentielles pour apprécier au plus juste ce qu'Édouard Bonnefoy est devenu. C'est pourquoi on ne le fera pas. Même pas un saut de ligne afin de permettre au lecteur de respirer ? Même pas, non. Il convient au contraire de retenir son souffle, peut-être alors se rapprochera-t-on de ce qu'Édouard a vécu pendant ces années, de cet inconfort qui rythme sa vie. Si on laisse des pages blanches, on entérine l'idée de procéder étape par étape, d'ordonner les événements suivant une logique bien huilée, cela équivaudrait à penser qu'on passe à autre chose, or l'homme qu'était Édouard jusqu'en 2006 n'a pas disparu, il côtoie encore celui qu'il est aujourd'hui et qui mesure chaque jour ce que signifient quinze années de détention dans une existence. Aucune amnésie n'est possible. Tout se tient serré. On l'a dit, une seule phrase serait idéale pour raconter comment on ne cesse de sortir de prison une fois qu'on y est entré, comment on n'y parvient jamais de façon définitive, comment Édouard, malgré sa verve, se confronte en silence à ces années qui hurlent en lui, si on ne lui demande rien, il n'y revient pas et garde ensevelis les affaires, les risques répétés, plusieurs fois se sauver, échapper à la mort, au meurtre. Ce n'est pas rien pour un seul homme.

Dix-neuf ans se sont donc écoulés depuis 2006, Édouard a juste vieilli et son fils est désormais un homme entouré d'amis, toujours célibataire et qui ne veut pas se marier comme le souhaiterait son père, on se marie plus aujourd'hui et il répond toujours qu'il n'est pas pressé quand Édouard lui demande s'il n'aurait pas envie de *lui* faire un petit-fils. Il aimerait, il pense qu'il saurait s'en occuper, beaucoup mieux qu'il ne s'est occupé de son fils, avec moins de craintes, moins d'hésitations, oui ça se ferait plus naturellement, mais ce n'est vraiment pas à l'ordre du jour.

– Quand j'avais son âge, il avait déjà sept ans. J'étais dehors encore pour deux ans, mais contrairement à lui, avant mes trente-trois ans, j'en avais fait des choses. Quand je le vois, aujourd'hui, je peux dire que je suis fier, même si j'aimerais qu'il me présente un jour une copine, mais ça ce n'est pas moi qui décide, l'essentiel c'est qu'il soit heureux comme on dit, et s'il est heureux comme ça, je suis heureux pour lui, je suis fier surtout qu'il n'ait pas pris le même chemin que moi, fier n'est pas le mot, soulagé plutôt, je n'aurais pas voulu subir tout ce que mon père a subi avec moi. C'est là que je mesure l'homme qu'il a été, se coucher pendant des années en sachant que ton fils dort en prison, y'a de quoi devenir fou. Il est mort le soir de leur anniversaire de mariage, juste après la soupe à l'oignon. À son enterrement, ma tante m'a confié, bon maintenant on peut te le dire, tu étais son préféré, il avait une grande confiance en toi, il disait, je sais qu'il s'en sortira, il est intelligent, à moi il ne disait rien, au contraire il était toujours critique, mais je le sentais et sa colère, sa tristesse chaque fois que je rentrais en prison était à la hauteur du lien particulier qu'on avait, alors comme un minot, je lui promettais de ne plus recommencer, c'est simple, comment dire ? devant mon père j'ai toujours eu l'impression d'avoir quinze ans, je promettais, mais je n'arrivais pas à tenir ma parole, je ne voyais pas comment arrêter, j'y revenais, la prison ne me faisait pas peur, elle m'était familière, c'était un peu chez moi, je dirais pas ça aujourd'hui, mais j'avais des repères que je ne retrouvais pas en sortant, j'étais reconnu aussi, j'avais ma place, je la trouvais, d'une certaine façon, j'étais plus libre, moins exposé, voilà, on me proposait plus de choses à faire alors que dehors je me sentais plus fragile je dirais.

Si c'était à recommencer aujourd'hui ? Édouard ne parvient jamais à répondre à cette question qu'il s'est régulièrement posée lors de nuits difficiles, qu'il se pose encore.

– C'est pas facile. Je ne sais pas. Refaire tout pareil, peut-être pas surtout maintenant, mais regretter, ça non, je ne regrette pas. C'est ce que j'ai vécu de plus fort. L'excitation, l'argent, tu es un peu comme dans un film, c'est le seul moment où tout te semble possible, tu es jeune, tu n'as rien à perdre, tu te sens puissant. En fait tu ne penses pas que tu vas tomber, retomber, tu crois connaître les règles du jeu, mais tu ignores que tu es dans ce que j'ai appelé le cycle. Aujourd'hui c'est différent. Vieillir, ce n'est pas forcément se ranger, c'est s'assagir, mieux sentir les coups, j'ai un bagage, il y a des erreurs que je ne commettrai plus, je ne dis pas que tout ce que je fais désormais est légal, mais j'ai appris que la loi est flexible. *Dura lex sed lex*, je n'y crois pas, pas toujours, on est tous amenés, si on cherche bien, à l'enfreindre, elle est là pour ça et heureusement qu'elle est là, c'est un examen de passage, c'est comme une voiture stationnée qui bloque une entrée, tu n'as pas les clés, mais à plusieurs tu peux la déplacer, centimètre par centimètre jusqu'à te frayer l'ouverture qui te permettra de passer, ce n'est pas un crime ça, qui ne le fait pas ? Enfin, si tu ne veux pas passer, tu ne touches pas l'obstacle, y'en a plein qui acceptent de rien déplacer bon, et surtout, l'obstacle, tu peux pas le faire disparaître, c'est trop lourd, trop imposant, trop protégé, mais tu es amené, contraint parfois, à le décaler, très difficile au début, tu n'oses pas toujours, mais une fois que tu as compris comment ça marche, ça devient plus facile et tu ne t'en rends même plus compte. Aujourd'hui, je sais vraiment jusqu'où je peux aller pour ne pas retourner en prison. Il faut seulement qu'un rien ou que quelqu'un te retienne dehors, te prenne tout entier pour ne plus avoir la folle prétention de vouloir faire disparaître les obstacles, mais, au contraire, être capable de les regarder les yeux dans les yeux et de vivre avec, quitte à les défier.

Sans rien renier, Édouard ne parle guère de son passé, excepté à Hervé. Ce n'est pas un sujet, il n'en tire aucune fierté, il ne se mettra jamais en scène pour exposer les péripéties et les rebondissements de son existence, aujourd'hui encore, il reste franc avec lui-même quand il envisage les raisons qui l'ont conduit à agir ainsi, le premier geste illicite qui entraîne tous les autres, il n'y a aucune fatalité, il est convaincu d'avoir toujours choisi, même si les propositions lui paraissaient très restreintes, contraignantes voire binaires, c'était comme ci ou comme ça, il n'y avait pas de dilemme, juste une position entière et radicale à adopter. Quoi qu'il en soit, il n'estime pas être une personne extraordinaire, il ne porte pas ce regard ébahi que pourrait porter l'homme sans casier judiciaire à qui il se confierait. Selon lui, la vie exemplaire, celle qu'il faudrait écrire, serait la sienne si, malgré toutes ses affaires, il n'avait jamais été incarcéré, là oui, on pourrait le considérer comme un grand, parce que les grands ne mettent jamais les pieds en prison.

En plus de Lounès, il revoit avec plaisir ses compagnons de longue date, soudés à jamais par les coups montés ensemble, il revoit aussi ceux qu'il a croisés lors de ses différentes incarcérations et avec qui il a sympathisé, certains sont devenus des amis, ils lui présentent leurs propres connaissances qui par effet boule de neige viennent grossir le petit monde de la prison qui l'entoure. Avec ceux-là non plus il ne se répand pas sur son passé, mais il existe entre eux une sorte d'unité, de repères communs qui les lient, inutile donc de se lancer dans de grands discours, les allusions suffisent, on se comprend, on a vécu ce que les autres ne connaissent pas. D'allusion en allusion on s'aperçoit qu'on fréquente les mêmes personnes, on projette de se revoir ensemble, on parle de ses activités, on se donne des tuyaux, on fait appel aux uns aux autres en fonction de leurs compétences, que ce soit la mécanique, la carrosserie, l'électricité, la plomberie, on ne sollicite pas les officiels qui ont pignon sur rue et dont le nom s'affiche en gras dans les annuaires ou sur les cartes de visite, on consulte simplement son carnet d'adresses et si ce n'est pas suffisant on consulte le carnet d'adresses d'un des nôtres. Au détour d'un échange on peut aussi apprendre incidemment ce que sont devenus ceux qu'on a fréquentés en détention puis perdus de vue au fil des libérations et des nouveaux mandats de dépôt.

Voix 1 : Non, tu le connais ?

Voix 2 : Si je le connais ? On était dans le même bâtiment.

Voix 3 : Mais je le connais aussi. Grand, costaud, le bouc

Voix 2 : Non tu confonds, il était plutôt petit dans mon souvenir.

Voix 3 : Mais je vois qui c'est. Tu parles, avec son affaire.

Voix 1 : Incroyable comme le monde est petit.
Voix 2 : Et tu sais ce qu'il
Voix 1 : Tu sais pas ? Tu n'imagineras jamais.
Voix 3 : Moi on m'a dit

Édouard apprend ainsi, par plusieurs voix concordantes, malgré quelques variantes, ce qu'est devenu Raymond-le-Scieur.

– Finalement, après sa condamnation, il a fait une petite dépression évidemment. Ses enfants se sont remis à venir le voir, froidement, mais ils venaient, et lui, il est entré dans les ordres, il est devenu curé, y'en a beaucoup comme lui qui, après avoir commis des horreurs, font ça. Il a passé son sacerdoce en prison, je sais pas, tous ces machins-là, après il est parti dans une abbaye, il paraît, je sais pas où.

Il est donc plutôt rare que parmi les proches d'Édouard, on ait un casier judiciaire vierge. C'est pourtant le cas d'Hervé, bien qu'il l'ait aussi rencontré en prison, mais celui-ci n'était pas détenu, il intervenait dans le cadre d'un projet culturel pour lequel Édouard s'était porté candidat.

Aujourd'hui, près de vingt ans après, les liens se sont renforcés, ils se rencontrent souvent. Ce n'est pas un hasard, Édouard croit à celui qui écrit des livres, raconte des histoires. Il sent le déplacement que permet l'écriture, celle de son ami, mais aussi la sienne quand ça le prend, c'est très aléatoire maintenant qu'il a moins de temps à tuer, avec le restaurant il n'a pas une minute à lui.

Hervé : pour écrire, ce n'est pas de temps libre dont tu as besoin.

Après de nombreux échanges, Édouard imagine parfaitement le soulagement – lui dit l'élévation – que permet l'écriture une fois accomplie, il ne peut s'empêcher de l'assimiler à un braquage.

Édouard : T'as l'idée qui trotte dans la tête au début, qui insiste, t'obsède. Le moment ensuite où la décision est prise, le pas est franchi. Ensuite la peur, la peur que ça échoue. Ensuite le basculement suprême où tu sens que ça prend, que le coup va aller à son terme, que tu peux envisager l'issue heureuse. Et enfin ce point d'orgue où tu t'en es sorti, c'est pareil, non ?

Hervé : Je ne sais pas, il y a un peu de ça, mais moi les braquages, je ne connais pas.

Édouard est aussi devenu un lecteur, il prête des livres à Hervé que celui-ci ne lit pas toujours, des livres achetés dans des vide-greniers, qui semblent nourrir ses idées sur ce que devient le monde, il y trouve des *vérités* qu'il souhaiterait vainement que son ami partage avec lui, des faits qui rendent compte au plus juste, selon lui, que la société fout le camp, qu'on a tout essayé et que ça n'a rien donné, que ce serait le moment maintenant de passer à autre chose.

Édouard : Je comprends pas comment toi qui es intelligent, qui as fait des études, tu ne te rendes pas compte qu'on va dans le mur.

S'ensuivent alors des discussions sans fin où chacun campe sur ses positions, l'homme de gauche d'un côté face à celui qui s'insurge contre autant de laxisme, une France qui n'est plus la France et il est bien placé pour en parler, il déplore que dans son ancien quartier, il n'y ait même plus de bar – il y en avait deux avant –, plus de boulangerie, de boucherie, que son appartement, il n'arrive pas à le vendre parce que personne n'en veut à cause de toutes ces familles qui vivent entassées dans l'immeuble et qui dégradent tout, ouvre les yeux, c'est sûr que c'est facile d'être de gauche quand on vit dans les beaux quartiers, mais prends-*les* chez toi, si tu *les* aimes, moi, ça me fait chier et je voudrais qu'on *les* vire. Hervé s'en défend, il n'a pas l'impression d'habiter dans les beaux quartiers, de chez lui il ne voit pas la mer, sa maison n'est pas une maison d'architecte, les plafonds ne sont pas hauts, il n'y a pas de moulures, ses voisins sont des gens simples, certains n'ont pas fait d'études, la plupart investissent dans leur voiture, leur tondeuse à gazon, leur piscine, ce serait plutôt un quartier de parvenus, d'artisans à leur compte, un quartier où le vote extrême droite est l'un des plus élevés de la ville, non vraiment ce n'est pas ça un beau quartier.

Édouard : C'est bien ce que je te dis, ouvre les yeux. Tu me dis que tu ne vois pas la mer là où t'habites, tu veux que je te dise moi ce que je vois de chez moi ?

Hervé ne parvient à répondre que par des évidences, des grands principes, il ne faut pas généraliser, *ils* ne sont pas tous comme ça, arrête de regarder par le petit bout de la lorgnette, arrête aussi ces chaînes d'information à la con qui détruisent le cerveau. Que répondre à Édouard quand il affirme qu'en parlant ainsi Hervé n'est pas honnête, que ces chaînes disent la vérité ?

Édouard : Mais pas la vérité que toi tu veux entendre. Prouve-moi que ce qu'ils disent est faux. Trouve-moi une autre chaîne où des gens de tous les jours sont invités sur le plateau, où on leur permet de raconter ce qui leur est arrivé, c'est certainement pas sur Arte que tu les vois, là au moins on te met la vérité sous les yeux, mais tu ne veux pas la voir.

Édouard s'appuie sur des faits divers, sur des histoires sensationnelles que des médias relaient à foison, des exemples précis qui pour lui sont des preuves inattaquables. Que valent à ses yeux les lignes infranchissables, les convictions d'Hervé qui lui semblent trop loin de la réalité ? Prouve-moi ce que tu proclames, prouve-moi que ce que je raconte n'est pas vrai. Édouard, tu m'emmerdes, il est vrai que ça existe, mais exister n'est pas suffisant, Hervé s'agace de ce que celui qui a enfreint la loi à plusieurs reprises, qui a risqué sa vie, fasse preuve, dans ces échanges, d'aussi peu d'ouverture. Pour lui, les grands voyous comme Édouard sont anticonformistes, dans leur façon de vivre comme dans leurs pensées, sans toujours être des Robin des Bois ni des mères Teresa révoltés contre la société, ils n'excluent pas, ne condamnent pas les actes délictueux, ils ont, pense-t-il naïvement, un seuil de tolérance par rapport aux manquements à la loi que les autres n'ont pas, ce sont des humanistes d'une certaine façon. Il essaie de pousser Édouard dans ses retranchements, de mettre à jour ses contradictions.

Hervé : Ceux qui travaillent, ceux qui essaient de s'en sortir et souvent de façon plus légale que toi, tu dis qu'*ils* prennent la place des autres, mais de quels autres tu parles ? Toi, tu as fait quoi pendant des années si ce n'est tenter de prendre une autre place ? La loi que tu n'as pas respectée, tu ne supporterais pas que d'autres ne la respectent pas, ce n'est quand même pas à toi de décider qui a le droit d'enfreindre ou pas la loi.

Édouard : Oui, mais moi j'emmerdais personne, je n'arrachais pas le collier à une vieille de quatre-vingt-deux ans, je ne violais pas une petite de deux ans. Quand je me faisais arrêter, j'acceptais, c'était le jeu, j'avais perdu, je n'ai jamais foncé ni jamais tiré sur un policier.

Que répondre ?

Édouard : Je *les* ai vus arriver de plus en plus nombreux en prison, aujourd'hui, *ils* sont ultramajoritaires dedans, ça veut bien dire quelque chose ça, non ?

Hervé : Oui ça veut dire quelque chose, mais pas ce que tu conclus.

Hervé sourit face à tant de partialité, il sent que sa riposte restera vaine, d'autant plus qu'Édouard sort à nouveau des chiffres invérifiables, use de sa position d'ancien détenu. Il l'écoute, ne croit pas à une telle faille dans son raisonnement, il sait qu'Édouard serait capable d'aider celles et ceux qu'il voudrait renvoyer chez eux en sachant très bien que chez eux, c'est ici. Sa parole, parsemée d'emportements et d'incohérences, s'arrange avec les forces contradictoires qui la fissurent, d'un côté l'élan généreux, humaniste, de l'autre le repli, d'un côté le vœu pieux de respecter la loi, de l'autre la main tendue vers l'illégalité, là où les fragilités, les complexes sont moins apparents et l'illusion du sentiment d'appartenance plus présente. Hervé s'étonne toujours de sortir de ces échanges sans lui en vouloir, il est mal à l'aise de penser que parmi ses amis, Édouard soit le seul à tenir de tels propos, que si d'autres parlaient comme il parle, il aurait vite fait de ne plus les fréquenter, et lorsqu'ils se rencontrent arrive toujours un moment où le sujet revient.

Hervé : Mais ceux pour qui tu comptes voter, maintenant que tu as retrouvé tes droits civiques, tu imagines le discours qu'ils tiennent sur des personnes qui ont été incarcérées comme toi ? Ils les méprisent. Pour eux ce sont des rebuts de la société, comment tu peux les soutenir ?

Édouard : Tu plaisantes, les gens comme moi, y'en a plein autour d'eux, ils les fréquentent plus que toi et moi.

L'argument d'Édouard lui paraît imparable alors qu'il pensait le convaincre. Hervé se sent proche de lui. Ce qui les unit est cette propension commune à porter un regard critique sur la marche du monde, mesurer les inégalités, les injustices et tâcher d'y remédier, certes avec des solutions et des armes différentes, mais avec un même élan. Ce qui les unit surtout, est cette parole circulant entre eux en toute confiance. On a dit qu'Édouard ne parlait guère de son passé sauf avec Hervé, il a tout de suite perçu chez lui l'importance qu'il accordait à ses mots. Il l'a convaincu que la restitution du passé était nécessaire, qu'elle enseignait beaucoup plus que certains ouvrages ou certaines dépêches mortifères qui défilent sur des bandeaux en bas des écrans, qu'il faudrait retranscrire ce passé dans un ouvrage parce que le regard d'Édouard sur le monde, si radical soit-il en surface, raconte en profondeur les angoisses et les atermoiements des hommes, autant que les voyages, la littérature et la musique. Édouard se livre donc, sans appréhension, il sait qu'Hervé ne le trompera jamais, il est l'un des rares avec qui il parle différemment, plus spontanément, sans crainte d'être jugé, sans volonté de passer pour ce qu'il n'est pas, endosser une armure qui le protégerait. Il sait aussi qu'avec un casier judiciaire immaculé, Hervé ne porte pas sur lui un regard d'initié, mais un regard neuf, ce qui le rend plus libre, plus fort.

Édouard : Il y a aussi des gestes qui rapprochent, des gages donnés quand il était difficile d'en donner, certes les séances d'écriture, mais aussi ce jour, à l'approche de la fête des Mères.

Alors qu'il est encore en prison, Édouard demande à Hervé de poster un courrier, ce qui est interdit, regarde, c'est une carte pour ma mère, j'ai pas vu le temps passer et avant que ça parte d'ici, ce sera trop tard, la carte n'arrivera pas le jour j, j'ai laissé l'enveloppe ouverte, tu peux vérifier. Hervé accepte et, sans un regard pour le contenu, cachette l'enveloppe devant lui. Édouard lui en parle souvent.

Il a fallu qu'il soit libéré, que des années et des années s'écoulent pour qu'Hervé découvre précisément les raisons de ses multiples *séjours*. Il n'a jamais voulu savoir avant, n'a jamais rien demandé en ce sens, c'est lui qui a tenu à l'informer comme pour se mettre en règle, une sorte de postulat honnête à partir duquel il appartenait à l'un et à l'autre d'estimer s'ils pouvaient ou pas poursuivre ensemble.

Il apprend ainsi qu'après sa cinquième libération, en 2006, Édouard ne s'est pas rangé comme il le pensait.

Il investit son pécule dans une affaire qui lui rapporte énormément d'argent, des sommes folles qu'Hervé a du mal à concevoir tant les zéros s'accumulent, au point qu'il se sent obligé de lui demander si les 30 000 à 60 000 qu'il récoltait tous les deux mois étaient en anciens francs, en francs ou en euros.

Édouard : En euros, évidemment. En fait ma dernière sortie a été la plus active. Je me remets dans le bain de suite et j'ai de la chance, ça marche, je demande l'aide de personne, je prends un truc de zéro, je le crée, comme tu crées une affaire, un fonds de commerce, tout seul, juste avec des adresses que j'ai récupérées en prison à des mecs avec qui j'ai sympathisé. Ils m'ont appris comment faire, j'ai tout marqué sur un papier comme pour une recette de gâteau. Si tu veux, mon travail dure trois, quatre jours avec la préparation et pendant deux mois je fais plus rien, je vais à toutes les réunions du lycée pour mon fils, j'assiste même aux conseils de classe en tant que représentant des parents d'élèves, je l'accompagne à ses entraînements de foot, je vais le voir jouer le dimanche, avec Nath que j'aide aussi financièrement, on finit par s'entendre, instaurer une sorte de garde alternée, je tiens à ce qu'il continue à la voir, je ne veux pas passer pour le salaud qui le priverait de sa mère après avoir été privé de son père, je ne veux pas tout bouleverser, juste bouleverser un peu, en fait j'ai surtout envie qu'il retrouve une sorte d'apaisement, même si ses parents sont séparés. En six mois, j'explose, je passe d'une petite vie à la vie dont j'ai toujours rêvé, je roule en Q7, les fringues, la montre, les cadeaux aux uns et aux autres, un week-end sur deux à Monaco, les casinos, ça me permet de faire passer les petites coupures en grosses coupures, je joue à peine pour faire illusion, presque tous les soirs en boîte quand mon fils n'est pas là, je lui offre des Noëls comme il n'en a jamais eu, mon grand regret c'est de ne pas avoir commencé vingt ans avant.

Et si avec Lounès, ils ont racheté le *Bar du voyage*, où Hervé s'est rendu à plusieurs reprises, c'était pour justifier son train de vie.

Édouard : Les flics, quand tu fais ça, il faut te mettre dans la tête que tu les as sur le dos pour toujours, si tu oublies, tu es mort, il faut que tu deviennes un peu parano. Au *Voyage* aussi on a fait de l'argent, quatre-vingts couverts par jour, on pensait pas que ça nous rapporterait autant. Avec Lounès, on décide de jouer à la Française des Jeux, histoire de dépenser légalement une partie de l'argent. Mais moi avec mon côté militaire, j'achète les journaux, je me renseigne, ça devient un vrai travail et je me mets à gagner, mais fallait voir ce que je gagnais, un truc de malade, là j'avais des sous qui me rentraient avec des chèques de la Française des Jeux, donc aucun problème, tout était justifié, le week-end, c'était 15 000, 20 000, 25 000, je me retrouvais avec 120 000, 130 000 sur le compte, autant en espèces, à la maison.

Hervé : Euros ?

Édouard : Évidemment, en quoi tu veux que ce soit ? En écus ?

Édouard voulait réparer, racheter ces années perdues loin des siens, redevenir un bon père, un meilleur fils, mais de quels autres moyens disposait-il que ceux qu'il avait déjà employés jusqu'alors ? Toute nouvelle voie lui semblait trop laborieuse, incertaine, il aurait fallu réapprendre ou apprendre tout court mais à quarante ans, il pense que c'est trop tard. Il se sent démuni, vide, sans épaisseur auprès des siens s'il ne leur rapporte rien. D'ailleurs, sa première dépense importante est la réfection du salon de ses parents. À la seconde même où il remet les pieds chez eux, il y a les fissures repérées sur les murs et le plafond, de menues fissures en réalité, mais celles-ci le renvoient à sa cellule, elles le poursuivent au-delà de l'enceinte de la prison, jusque dans la maison familiale, il y voit la marque indélébile qui frappe aussi ses parents et les frappera encore, comme si ses cinq années de détention devenaient contagieuses, une sorte de lèpre héréditaire qui bientôt atteindra également son propre enfant. Le père et la mère en sont très gênés, ils trouvent qu'avec un peu d'enduit ils pourraient réparer eux-mêmes, ça ne nécessite pas des travaux aussi onéreux.

Mais il en va ainsi. Édouard ne regarde pas, vit à cent à l'heure, court derrière les années qui lui manquent. Tout est amplifié, le temps passé auprès de son fils, de sa mère, des amis retrouvés. Pendant trois ans, le mouvement qui le porte est le seul artifice qu'il ait imaginé pour rompre avec la détention passée. Trois ans avant de rencontrer Adèle avec qui il apprendra la lenteur sans craindre de se perdre. Elle a tout changé, dit-il. Un mois avant de vendre le *Voyage*, il la voit entrer une première fois, accompagnée d'un homme avec lequel elle ne semble guère complice.

– Ça ne trompe pas ce genre de choses, ils se parlent à peine, ne se regardent pas vraiment, en revanche nous on se regarde, ce n'est pas un regard accidentel, mais un regard qui profite de ton occupation pour se poser tranquillement sur toi, longuement, et quand tu te retournes, quand tu regardes à ton tour, tu t'aperçois que tu es regardé depuis un bon moment. C'est exactement ce qui se passe. Et moi comme un con, comme si j'avais l'âge de mon fils, je sais plus quoi faire, je papillonne, je souris plus qu'il faut, mais cette fille je la veux, je sais que ça se dit pas comme ça, mais c'est violent, je sens que c'est maintenant ou jamais, je peux tout abandonner pour qu'elle continue à me regarder, et tu sais dans ces cas-là, l'expérience des fourgons de police, des armes braquées contre toi, des menottes et des transferts de prison en prison, ça te sert à rien, tu sens que tu n'as aucune arme suffisamment dangereuse pour l'affronter elle, une femme posée, jolie comme tout, châtain ou blonde, je sais pas sur le coup, je fais pas la différence, elle sourit mais sans ouvrir grand la bouche, une fille différente de toutes celles que j'ai rencontrées, c'est con à dire, mais j'ai l'impression que c'est un piège, un appât pour me faire tomber. Je suis malade quand elle se prépare à partir avec l'autre, mais elle me dit qu'elle travaille pas loin et que le midi c'est bien pratique de déjeuner ici, je pense alors que c'est possible, elle sent bon, et lui a déjà tourné les talons.

Elle revient deux jours plus tard. Seule. Elle le dit. Je suis seule maintenant. Ils ne se quittent plus. Édouard la comble, il lui présente son fils, il tient à ce que tout soit bien clair, il ne veut gêner ni l'un ni l'autre, tout se passe pour le mieux entre eux. De son côté, il rencontre sa fille, sa mère surtout qui lui trouve tout de suite un air de gentleman, il sait tout faire, il a des doigts d'or, il aime la fête, si bien qu'elle le désigne rapidement comme son gendre, la fille et la mère se sentent en sécurité à son contact et lui est fasciné par cette femme sérieuse, fonctionnaire territoriale au département, dans le service de l'Aide sociale à l'enfance, chargée plus particulièrement d'organiser des placements d'urgence pour les mineurs étrangers non accompagnés, ses journées sont pleines, elle se lève tous les matins très tôt, elle aime bien prendre son temps avant de partir suffisamment à l'avance pour ne jamais être en retard, elle détesterait, comme le font certains de ses collègues, arriver sur le fil, elle a besoin au contraire d'un quart d'heure minimum sur les lieux avant de commencer. Depuis qu'elle travaille, elle est syndiquée à la CGT, c'est pour elle un principe, elle estime que tout salarié se doit d'être syndiqué, en revanche, comme elle le dit à Édouard, le choix de l'organisation syndicale lui appartient.

Après les six premiers mois, il sent qu'Adèle veut en savoir plus sur son passé, elle ne demande rien, mais fait allusion à ces années où ils ne se connaissaient pas, s'interroge sur ces nombreux amis qu'il lui présente et qui, à part un ou deux, ne semblent pas être des enfants de chœur.

Édouard : Elle a mis un moment à me poser la question, sans me la poser d'ailleurs, et puis un jour je lui dis écoute des questions tu vas plus t'en poser, j'ai sorti tout mon casier, avec toutes les affaires, parce que chez moi c'est tout classé, c'est mon côté militaire, regarde j'ai dit, y'a pas de viol, y'a pas de meurtres, lis, prends une heure, deux heures s'il le faut. Mais non ça va, je te fais confiance, elle me dit. Lis, je lui répète. Je sais pas si c'est la curiosité qui l'a emporté, mais elle a lu. C'est simple, c'était après le petit déjeuner un dimanche, ça a duré la matinée. Je n'avais pas peur, moi aussi j'avais confiance, je savais qu'elle tenait à moi, qu'on avait commencé depuis un bon moment à avancer ensemble. C'est drôle, il faut toujours regarder les gens quand ils lisent, tu lis avec eux, tu réagis avec eux.

Édouard en face l'observe lire son casier judiciaire. À plusieurs reprises, il la voit ouvrir de grands yeux, mon Dieu, mon Dieu murmure-t-elle, elle reprend la lecture, la ponctue d'inspirations et de soupirs, elle porte parfois la main à sa bouche, tu es fou, tu aurais pu, lui la regarde intensément, elle tremble pour cet homme qu'elle ne connaissait pas alors, elle aurait voulu empêcher les choses d'avoir eu lieu, il la sent affectée ce qui l'amuse parfois comme on peut se moquer de quelqu'un qui a peur et se recroqueville lors de la projection d'un film à suspense et à qui on aime dire, n'aie pas peur, ce n'est qu'un film, je suis là, mais à plusieurs reprises son émotion le touche, il se sent aimé comme il ne l'a jamais été, il réfrène son envie de la prendre dans ses bras, de l'embrasser, refermer le casier et le ranger méthodiquement au fond du placard.

Édouard : Arrête-toi, si tu veux.

Adèle : Non, je veux aller jusqu'à la fin.

Le silence de sa lecture reprend, rompu au bout de quelques minutes par une réaction spontanée, comme un cri du cœur. Devant l'école ?

Édouard : C'est un épisode marquant. Je comprends qu'elle ait réagi comme ça. En fait, avec les collègues, parce qu'on était sur écoute, on téléphonait jamais de chez nous mais des cabines autour, le problème c'est qu'elles étaient aussi sur écoute, alors on utilisait des portables qu'on jetait tout de suite après l'appel passé, ça nous a coûté un fric fou cette histoire, on était sans cesse suivis, quand j'arrivais à un rond-point, je faisais deux fois le tour, mais ce que je savais pas à l'époque, c'est que quand on te suit, on te suit à trois, quatre voitures, et un jour je dépose mon fils à l'école, il regagne la cour qui donne sur la rue, séparée seulement par un portail, j'attends de lui faire signe comme chaque jour, c'est notre rituel, et là je sens un mec qui me bloque contre lui et me pointe son arme juste là, c'est quoi cet os derrière la tête ? l'occiput ? Le flic m'immobilise, mais je sens qu'il tremble, que le flingue derrière ma tête tremble, que ses jambes, que son corps contre le mien tremblent, j'ai peur, j'ai vraiment peur de la bavure, j'essaie de le calmer, je lui dis j'ai pas d'arme, dans la voiture y'a pas d'arme non plus, ferme ta gueule il me dit et il tremble, il n'a pas trente ans, c'est moi qui essaie de le calmer, j'essaie aussi de voir si mon fils regarde, je relève la tête mais aussitôt je ne vois plus rien, on me met un sac McDo sur la tête, je sais que c'est McDo parce que je reconnais l'odeur des frites, et là oui j'ai peur, c'est la seule fois où j'ai senti que je pouvais mourir, à cause du flic qui tremble contre moi.

La honte aussi de se faire arrêter au milieu des élèves, des parents et des enseignants, la honte d'être responsable de cette agitation devant l'école. Une idée l'a longtemps obsédé, celle de savoir ce qu'avait vu son fils. A-t-il compris ? Ses copains lui ont-ils appris ce qui s'est passé ? La maîtresse a-t-elle été plus attentive à lui ce jour-là, l'a-t-elle pris dans ses bras ? De quels regards sur son fils le père est-il devenu responsable, les semaines, les mois, les années qui ont suivi ? Aujourd'hui encore il reste sans réponse, il n'a jamais osé lui en reparler.

Adèle veut en apprendre davantage sur ce qu'Édouard a ressenti, les papiers qu'elle a sous les yeux ne disent rien de tout cela, vraiment tu es sûr que c'est la seule fois où tu aurais pu mourir ? La seule fois, oui, si l'on excepte quand il a seize ans où à la suite d'une course-poursuite avec les policiers, ces derniers lui tirent dessus ainsi que sur son ami, après les avoir sommés de s'arrêter, les balles fusaient.

Adèle vit chacune des paroles d'Édouard, elle a besoin de connaître l'enfant qu'il a été, l'adolescent pour approcher l'adulte devenu, comment se sont multipliés les faits qui l'ont dessiné et que nul casier judiciaire ne saurait contenir. Elle mesure alors que l'homme qu'elle aime a vécu mille vies et que pour en vivre une seule, il lui faudrait, à elle, toute une éternité.

Bien sûr, en partageant ses jours et ses nuits avec elle, Édouard voit les activités illégales diminuer nettement, jusqu'à s'achever. A priori. Il peut encore compter sur des rentrées d'argent non négligeables, grâce aux placements pour lesquels il a su à qui s'adresser et depuis cinq ans il a repris un restaurant qu'il privatise pour de nombreux événements, ce qui lui rapporte un revenu supplémentaire et régulier, mais il existe encore des mystères sur lesquels il ne tient pas à s'appesantir. Son téléphone, par exemple. Rouge, minuscule, il se perd dans sa main, un téléphone de secours, même pas un smartphone, à quoi ça rime ? Toi qui es fasciné par les nouvelles technologies ? Édouard sourit quand Hervé l'amène en plaisantant sur le sujet, il lui explique que sans qu'on le sache toutes les conversations peuvent être écoutées sur un smartphone.

Hervé : Et alors tu as quelque chose à cacher ?

Édouard : Ça ne me plaît pas, c'est tout.

Et on en reste là. Il n'est pas plus disert lorsqu'il lui demande quelle était sa fausse identité quand il était en cavale en Corse, il prétend ne plus s'en souvenir, c'est vieux tout ça, mais comment oublier une identité, si fausse soit-elle, qui a été la sienne pendant un an ? Hervé est convaincu que soit par réflexe, soit par principe, il est des faits sur lesquels il ne lèvera jamais le voile. Et revenant sur le casier judiciaire qu'il a fait lire à Adèle, il confie à Hervé que si elle avait connaissance de tout ce qui n'est pas dedans, elle en serait malade.

Édouard : Parce que bon, sur le papier y'a que les faits pour lesquels ils t'ont attrapé, après il reste toujours ceux que tu as réussis, ceux-là, c'est pas marqué, et je peux pas en parler parce que y'a pas encore prescription.

Hervé : Mais, à elle, tu peux lui en parler.

Édouard : Non, je peux pas

Hervé : C'est si grave que ça ?

Édouard : Ça dépend ce que t'appelles grave, mais y'a pas prescription. Tiens y'en a une pour laquelle y'a prescription et que je vais te raconter, ça devrait te plaire, à toi. Il y a quarante ans de ça, à l'époque c'était en vente libre, tu passais à la caisse avec le carton comme ça, incroyable, bref on achète avec un copain du quartier un fusil à pompe, oh écoute moi, un monstre le machin, évidemment on a envie de l'essayer, on a seize, dix-sept ans, sur le vélomoteur, je dis à l'autre, toi tu roules, moi je tire, roule roule roule.

Hervé : Mais où tu trouves l'argent pour le fusil ?

Édouard : C'est pas le problème ça, déjà à l'époque on faisait des petits trucs, tu vois, on a des sous, tu sais quand t'es minot, que t'habites chez tes parents, une fois que tu t'es acheté chaussures, pantalons, y'avait moins de besoins que maintenant, en vérité, un blouson t'en avais pour tout l'hiver, j'achète ce fusil et on roule en voiture, je tire, ban, un coup de chevrotine et où je tire sans faire exprès ? sur la permanence du Parti communiste du quartier, un trou comme ça, je dis oh putain merde, puis oh ils vont se faire foutre, on roule, roule, on pose le fusil, puis on va en boîte, le lendemain, y'a un bordel dans le quartier, manifestation sur la place, ouais vous avez vu la droite, c'est un attentat de la droite contre le Parti communiste, tu imagines, toute une manifestation.

Hervé : Elle la connaît cette histoire, Adèle ?

Édouard : Celle-là, oui, y'a prescription. En fait, tu es bien dehors, quand tu as enfin, passe-moi l'expression, récolté les fruits de ton travail parce que c'est un travail, les gens disent les voleurs, les voleurs, c'est trop facile de voler, non c'est pas facile, c'est même plus dur de gagner de l'argent en faisant ce qu'on fait, un vieux Corse m'a dit un jour, tu te rends compte, si toute l'énergie qu'on met dans les coups qu'on monte, on la mettait dans une idée qui te ferait gagner de l'argent légalement, on n'est pas plus cons que les autres, on s'en sortirait, je lui ai dit putain Dédé, tu as raison en vérité. Alors c'est quoi il me dit qui nous pousse à faire ça ? Je lui ai dit, tu te vois travailler pour un patron, tu te vois monter un dossier, passer devant une commission et qu'on te dise ça c'est pas bon, ça c'est pas bon, tu as envie de le prendre le mec et de le tordre, on n'est pas des héritiers, on ne vient pas d'en haut, l'école ne nous a pas changés alors quoi, tu cherches et tu trouves d'autres moyens d'exister.

Très tôt, Édouard prend conscience qu'on ne fera jamais de cadeaux aux personnes comme lui, nées à la périphérie des centres-villes, issues de familles honnêtes, laborieuses, qui paient leurs impôts, qui pourraient se contenter d'une vie simple, c'est d'ailleurs ce qu'on attend d'elles, qu'elles ne nourrissent pas d'ambitions démesurées, qu'elles restent à leur place. À l'école, il perçoit que les maîtres et maîtresses qui enseignent dans leurs classes n'habitent pas ici, viennent d'ailleurs, de là où l'on sait qu'il ne faut pas mettre les doigts dans le nez, que quand on a une tâche sur le tablier, il faut la laver, que pour bien apprendre à lire, il faut s'exercer le soir à la maison, que jusqu'à un certain âge on ne sort pas après l'école, on goûte et on fait ses devoirs, on ne traîne pas dans la rue, papa et maman doivent veiller à tout cela et c'est dans la façon de s'adresser à eux, de dire papa, de dire maman, suivis de la négation, papa ne t'a pas dit que, maman ne t'a pas appris que, qu'il se sent victime de ce qu'il nommera plus tard, après des années et des années de prison, un fléau, et un fléau, on ne le laisse pas s'installer, on le combat, il s'est toujours dit qu'il combattrait le fléau, qu'il désobéirait, ce n'était pas si difficile, finalement, c'était même plus simple qu'apprendre une récitation ou faire des divisions avec les retenues. Et quand Hervé lui demande s'il n'avait pas peur, enfant puis plus tard en grandissant, en volant des voitures au lieu de jouer aux Majorette à friction et jeune adulte quand il était déjà tombé plusieurs fois pour de grosses affaires, il n'avait pas peur de retourner en prison ?

Édouard : La peur ? J'ai toujours vécu dans la peur. Elle est cent fois plus fidèle qu'une femme. Évidemment que tu as toujours peur, mais c'est ce qui nous tient, on y va. Aujourd'hui parce que Adèle est là, je ne peux plus faire les mêmes erreurs, quand maintenant j'ai envie de voir du monde que je connais, je l'emmène avec moi, avant j'y allais seul, ça tombe bien parce qu'elle aime bien sortir. Au moins je suis sûr de pas faire de conneries. Je sais que s'il m'arrivait un coup malheureux, je la perds, sa mère lui dirait quitte-le, c'est des gens qui sont droits, ils n'ont pas l'habitude.

Ce matin Hervé a senti son ami préoccupé, aigri, il ne supporte plus de se lever chaque jour et d'entendre à la télé un nouveau fait divers, des horreurs, il dit. Cela semble l'affecter comme si l'honneur des malfaiteurs était remis en cause, il rejette tout point commun avec ceux qui salissent leur honnête transgression, il en a mené des affaires, mais jamais au grand jamais il ne se serait comporté ainsi, il est toujours resté digne dans ses délits. Et il en revient au système des remises de peine qu'il trouve inéquitable alors qu'il en a largement bénéficié durant ses détentions.

Édouard : Je n'arrive pas à comprendre pourquoi le mec qui a fait des horreurs, qui a tué un enfant ou qui l'a violé, c'est un enculé fini, beh il bénéficie du même système que le tien, mais c'est la loi, c'est ou tout le monde pareil ou pas, moi y'a des points que je comprends pas dans la loi. Dans les trafics aujourd'hui, il n'y a plus d'éthique, comme ce gamin de quatorze ans qui tue un chauffeur de VTC, en plus je le connaissais le mec, il jouait au foot avec moi au quartier, un mec qui a toujours travaillé et il meurt en travaillant, quatorze ans, c'est normal ? Tu faisais ça toi à quatorze ans ? Moi j'en ai fait des conneries, mais des horreurs pareilles jamais, et l'autre qui égorge son compagnon de cellule, ce qui m'a le plus effaré, c'est le bol en porcelaine, mais c'est interdit ça en prison, normalement, tous les verres, les assiettes, c'est du Pyrex, quand tu les casses, pfffft, ça tombe en mille morceaux. En porcelaine ? Ils sont fous, mais qui a mis ça en cantine ?

Selon Édouard, des histoires comme ça il y en a tous les jours, s'il pose avec Hervé le même diagnostic quant au caractère explosif de la situation carcérale, il n'en partage pas les causes, pour lui, c'est le changement de population qui explique tout.

Édouard : Tu peux faire que trois choses en prison : t'instruire, faire du sport, travailler, rien du tout ou les trois : rien du tout c'est ce que font les jeunes maintenant, ils branlent rien, ils fument, ils regardent la télé, ils se battent en promenade, ils remontent, ils se font un pétard, ils crient et après d'un coup ça se met dans la religion et ça casse les couilles aux gens. C'est normal ça ?

Quand Édouard parle ainsi, il sait qu'Hervé ne peut plus l'entendre, il ne le suit pas. Cette parole mâtinée de racisme s'articulant comme un réflexe, une réponse spontanée à tous les maux supposés, ne passe pas. Hervé a conscience que les conclusions hâtives de son ami, ses jugements à l'emporte-pièce ne traduisent guère le fond de sa pensée. Il sait aussi combien Édouard est marqué par le travail d'Adèle, qu'à plusieurs reprises, malgré tout ce qu'il a vécu et ce qu'il clame haut et fort, il est resté sans voix en l'écoutant raconter les récits de vies détruites des mineurs non accompagnés pour lesquels elle est sommée, sans succès parfois, de trouver un hébergement d'urgence, alors pourquoi ces propos ? Qu'est-ce qui se joue ? De quelle rage se venge-t-il avec de tels mots ? C'est la prison, c'est ça ? C'est la prison qui t'a fermé les yeux ? Les quinze années passées là-bas pendant que ceux que tu voudrais chasser ont vécu dehors, libres, honnêtes, c'est ça qui te gêne ? Que durant tes années accumulées en prison, ils ont avancé, réussi des diplômes que tu n'as jamais passés, ont fondé une famille, accédé à la propriété ? Qu'ils considèrent comme nous qu'ils sont ici chez eux et qu'ils votent, que certains même votent pour l'extrême droite, c'est ça pour toi être français ?

C'est ça le nouveau facteur d'intégration ? Ce n'est pas toi qui parles, lui répète Hervé, ce n'est pas toi.

Édouard : Je voudrais juste savoir pourquoi les choses sont ainsi, pourquoi c'est *eux* que je vois faire les conneries, pourquoi on en est arrivé là, moi quand j'étais enfant, je ne faisais aucune différence, on jouait tous ensemble, plus tard, les plus beaux coups, c'est avec *eux* que je les ai faits, mais aujourd'hui qu'est-ce qui se passe ? À la télé j'entends qu'*ils* représentent une menace terroriste, qu'*ils* se radicalisent, qu'*ils* veulent nous remplacer, pourtant si j'éteins la télé et que j'en vois *un* qui se noie dans la mer, je le sauve, *un autre* qui se fait tabasser j'interviens, comme je le ferais pour n'importe qui, mais je ne veux pas avoir à le faire, je ne veux pas me sentir obligé de le faire et là j'ai pas le choix. Comment se sortir de là ? Qui a raison ? Les politiques, je les crois plus, je les trouve faux quand ils s'entourent de gens comme *eux* pour obtenir des voix, ils marchent main dans la main mais ils ne *les* invitent jamais chez eux, moi je *les* ai reçus à ma table, j'ai travaillé avec *eux*, avec *eux* aussi je me suis aussi battu comme avec les autres, aujourd'hui plus qu'avant ce sont *eux* qu'on incarcère, quand il y a une bavure, ce sont *eux* qui tombent, qu'est-ce qu'il s'est passé pour qu'on parle toujours d'*eux* ? que j'en parle aussi ? et nous alors ? et les Mesrine, et les Zampa ? où ils sont ? on ne partage plus rien. Je ne suis pas comme tu dis, mais qu'est-ce qu'il faut faire ? qu'est-ce que je dois faire moi ? elle est passée où ta gauche pour *les* sortir de taule ? pour les empêcher d'y entrer ? *leur* donner les mêmes chances qu'aux autres ? Alors oui quand *ils* font des conneries, il faut *les* punir, moi, je voudrais ne pas avoir à me poser de questions, ne pas avoir à parler d'*eux* plus que des autres, ne pas avoir quelqu'un en face de moi qui me regarde comme un juge sévère, qui me prend pour un ignorant, un gros beauf, non je ne suis pas un ignorant, j'accepte pas ce qu'on nous oblige à penser pour être respectables, avoir la conscience tranquille, c'est comme ça qu'on dit, et ben moi, je n'ai jamais eu la conscience tranquille, ma conscience à moi elle est pas bonne, elle est mauvaise, mais je ne me cache pas, je n'ai jamais accepté qu'on me dise comment je devais vivre, j'arrive pas à penser comme *il faut*, si je parlais comme toi, on ne m'écouterait même pas, c'est ça que je trouve grave, que mes propos m'éliminent. Parce que je parle comme ça, je ne pourrais pas être quelqu'un de bien ? Il n'y a quand même pas qu'une seule raison d'être jugé, pas qu'un seul motif qui nous fait basculer du côté des gens bien ou des gens qu'on méprise, l'argent, j'en ai un peu, les diplômes j'en ai aucun, c'est barré, j'ai toujours eu le sentiment que l'école était une fausse route, qu'on y apprenait des leçons qui te permettaient pas de bien vivre, alors pour ne manquer de rien je suis allé voir ailleurs, j'admire plus ceux qui montent leurs affaires, ceux qui se sont faits tout seuls plutôt que des surdiplômés qui te regardent de haut et te disent comment te comporter, comment penser, comment voter, des gens bien nés, parce que c'est ça aussi, les mots ne mentent pas, il y a les gens bien nés et ceux qui sont mal nés, où je suis moi ? Et je vais te dire une chose, ma voisine alors qu'elle a toujours voté à gauche et bien à gauche, le soir des élections elle était heureuse que ce soit l'extrême droite qui soit arrivée en tête pourtant elle est pas raciste et tu sais ce qu'elle m'a dit ? Que quand les résultats sont tombés, elle a trinqué avec son mari à l'eau du robinet parce qu'elle n'avait pas les moyens d'acheter une bouteille de champagne, même pas du champagne tout pourri, c'est normal ça ? Elle aussi tu la méprises ? Elle aussi tu vas la traiter de facho ? Quand les gens vivent avec rien, qu'il n'y a plus de poste où ils habitent, plus de commissariat, plus de médecin, plus d'endroit où se retrouver, où entrer en contact, c'est normal qu'ils votent pour ceux qui ne les insultent pas, qui ne les oublient pas et qui leur promettent de ramener l'ordre qu'ils ont perdu. Ouvre les yeux.

Aujourd'hui, Hervé fait partie des rares personnes dans l'entourage d'Édouard à savoir que certaines de ses activités ne sont pas toujours très légales. Elles n'ont aucune mesure avec celles du passé, moins spectaculaires, davantage calculées, plus épisodiques, mais elles demeurent.

Édouard : Tu crois que je n'ai pas envie parfois de repartir au charbon ? De repartir vraiment ?

Hervé : Qu'est-ce qui te tente encore ?

Édouard : L'argent peut-être, mais surtout le plaisir, l'adrénaline. Quand je m'ennuie, j'y pense, ça me prend, je me dis que ça donnerait plus de sens à mes journées, que c'est ce que je sais faire de mieux, tout de suite j'entrevois un plan, je saurais à qui m'adresser, qui éviter, je te jure, je me vois, je me fais le film, comme si tu rêvais d'un pays lointain, tu n'aimerais pas forcément y être, mais imaginer le voyage, surtout ne pas te téléporter, commencer par suivre avec ton doigt l'itinéraire sur la carte, voir combien de mers te séparent, puis étudier le meilleur trajet possible, calculer les meilleurs prix, et partir en sachant que ça va être long, qu'il y aura peut-être des pannes, des turbulences, que tu seras peut-être assis à côté d'un dingue, qu'il y aura des escales interminables, pas assez longues pour visiter, pas assez courtes pour ne pas les subir, partir sans être sûr d'arriver, en principe quand tu pars, c'est pour arriver, mais tu sais jamais ce qui peut se passer même si tu as tout calculé, ce qui m'intéresse, c'est pas tant réussir, c'est entreprendre, en fait à ma façon je suis un entrepreneur sans avoir suivi d'école de commerce. Quand tu pêches, c'est pareil, bien sûr le poisson est important, mais si on te le donne le poisson, tu n'en veux pas.

En l'écoutant Hervé ne peut s'empêcher d'y penser, c'est fou quand même, Édouard n'a jamais lu Pascal, pourtant il tient un propos qui ressemble à ses idées, l'ennui qui pousse à agir, la quête plus que le résultat, certes il n'emploierait pas ce mot, mais c'est bien du divertissement pascalien qu'il s'agit, *devertere*, pour Édouard forcément ce mot a des connotations plus légères, la télé, le spectacle, le sport, il ne lui dit en rien la dimension existentielle qu'expose Pascal, il ignore que c'est ce qui nous permet de supporter *notre condition faible et mortelle et si misérable que rien ne peut nous consoler lorsque nous y pensons de près.*

Hervé : Tu parles comme Pascal.

Édouard : Pascal qui ? Mon frère ?

Hervé : Non le philosophe, tu parles comme lui.

Édouard : Ou lui comme moi. Tu n'en voudrais pas du poisson parce que ce qui t'intéresse, c'est le mal que tu te donnes pour l'obtenir, c'est le fil du moulinet qui vrille, l'hameçon qui t'entame le doigt, le poisson qui mord et qui résiste, les coups manqués, les arrestations, recommencer, c'est tout le temps que tu passes à essayer d'obtenir ce que tu n'as pas et quand tu tiens ton loup ou ta daurade ou tout le fric que tu voulais avoir, quand tu arrives à bord, tu savoures, tu sais surtout que tu as passé un bon moment avant, une sorte d'ivresse que tu as envie de connaître à nouveau, mais tu sais qu'il ne faut pas, que tu as beaucoup plus à perdre qu'à gagner et tu gardes ça en tête, cette envie de recommencer et cet effort de ne pas céder, tendu vers un désir que tu réfrènes et qui ne disparaîtra que quand tu l'auras enfin assouvi. Monter une opération, échafauder des plans et réussir, tu as conscience que tu fais des choses interdites, mais que tu es quand même passé par-dessus, tu les as faites et je vais te dire, le jour où ça marche, où tu es passé à travers toutes les mailles du filet et que tu es arrivé à gagner de l'argent comme vraiment tu espérais en gagner alors tu soupires, tu es bien, tu ne penses pas à recommencer.

Hervé : Pourtant tu dis que ça ne te lâche pas, que parfois tu t'ennuies et ça revient.

Édouard : C'est comme tout, ça ne veut pas dire que tu es incapable de te retenir, tu n'es pas un chien. L'idée est toujours là, je ne dis pas le contraire, elle est forte, tu l'as compris, mais elle circule, elle va, elle vient, ça dépend de ta vie, c'est sûr que quand t'as vraiment l'impression que tout s'épuise, l'idée est plus forte, elle prend le dessus, mais pour l'instant ça va, Adèle, mon fils, ça va. En fait, l'idée de recommencer reste toujours une solution, tu as raison, une possibilité dans un coin de ta tête que tu repousses pour rester dans ce putain de droit chemin qui n'est pas toujours le meilleur moyen pour vivre bien, par contre j'espère qu'à cinquante-neuf ans je ne serai plus jamais placé en garde à vue.

Mais il est des réflexes qui restent. Édouard a conservé celui de toujours regarder son rétroviseur quand il conduit, lui dit qu'il roule les yeux dans le rétroviseur plus que sur la route, et s'il aperçoit une voiture qui le suit depuis un moment, ça l'interroge, mais très vite, il revient à la réalité, pourquoi l'arrêterait-on aujourd'hui ? De même, quand il a ouvert son restaurant, l'électricité était à refaire, il a donc fait appel à ses connaissances et le technicien s'est aperçu qu'il y avait la possibilité de se brancher sur la ligne du Crédit Mutuel qui était mitoyen à son établissement, il en a fait part à Édouard qui a naturellement accepté et si on lui parle d'illégalité, il répond que l'électricien était diplômé, il avait travaillé chez EDF et que c'était lui qui le lui avait proposé.

Hervé : Oui, mais il ne me l'aurait jamais proposé à moi.

Édouard : C'est sûr, mais j'ai accepté parce que c'était une banque, si ça avait été un petit commerce, je ne l'aurais pas fait.

C'était le cas avant sa première détention, ça l'a été durant et ça l'est encore aujourd'hui, Édouard rend de menus services, c'est presque spontané. Selon la profession qu'on exerce, on peut aider des proches à rédiger une lettre de motivation, à revenir sur des notions de mathématiques mal assimilées ou à appuyer une demande pour obtenir un logement, lui, n'ayant pas de profession attitrée, il agit avec ses moyens, fait appel à son savoir-faire, à son réseau pour venir en aide. Ainsi, il reconnaît, avec une certaine gêne, qu'il lui arrive de rendre service à des jeunes qui ont de la volonté, mais qui ne savent pas comment s'y prendre, il leur prodigue quelques conseils, mais il ne participe aucunement à leurs affaires.

Édouard : Je leur donne des tuyaux et si ça marche et qu'ils sont réglos, ils me glissent un billet, c'est tout.

Toujours enclin à sortir de l'embarras celui ou celle qu'il apprécie, redoutable avec ceux qui lui ont nui ou qui voudraient lui nuire, il est prêt à tout pour ceux qu'il estime.

Édouard : J'oublie pas. Le mec qui m'a fait du bien, il m'appelle en pleine nuit et me dit j'ai fait une connerie, j'ai tué quelqu'un, je viens, on va faire un trou dans la forêt, on l'enterre, mais je le ferai pas pour n'importe qui.

Hervé : Et pour moi ?

Édouard : Évidemment, tu m'appelles, tu me dis que tu as tué ta femme, j'arrive et on l'enterre, mais toi tu ne feras jamais ça, je suis tranquille.

La prison ne l'a pas apaisé. La prison ne guérit pas. C'est la raison pour laquelle le fait qu'Édouard ne réponde plus au téléphone depuis quinze jours préoccupe Hervé. Le restaurant est fermé, il sait qu'il devait prendre un congé, mais il pressent une anomalie dans ce silence prolongé.

Son téléphone vibre. Un appel en visio provenant du numéro d'Édouard. Ce n'est pas possible, il sait très bien que son ami n'est pas équipé d'un smartphone lui permettant de passer ce type d'appel. Qui est-ce ? Il hésite à répondre. Le téléphone s'arrête et dans la foulée recommence. Il décroche. Le visage hilare d'Édouard apparaît sur l'écran.

Édouard : Mais qu'est-ce que tu fais, tu réponds pas ?

Hervé : Tu es où ?

Édouard : En Espagne avec Adèle, on est partis sur la Costa del Sol, à Málaga.

Hervé : Et c'est quoi ce téléphone ?

Édouard : Mon nouveau. Je te dis pas le prix, j'ai choisi le dernier modèle, ça vaudra pour tous ceux que je n'ai pas achetés avant.

Hervé s'en réjouit et le lui dit, il n'a donc plus peur d'être écouté, c'en est donc fini avec son téléphone rouge d'une époque antédiluvienne ? Édouard confirme, c'est bien fini oui, on peut dire qu'il l'aura amorti, avec le nouveau, il peut faire des selfies, prendre des photos d'une qualité maximale, pas comme avec l'autre, il peut aller sur internet, recevoir des mails, enregistrer et rédiger de longs messages, oui, les mots s'affichent tout seuls sans qu'il ait à appuyer trois fois sur la touche 1 pour écrire la lettre C, tout glisse, c'est tactile, c'est trop bon, il peut tout faire, tout ce qu'il n'a jamais fait jusqu'alors et pendant qu'ils se parlent il lui adresse une photo de la plage, puis de ce qu'il a mangé hier soir, puis une autre et encore une autre, il peut en envoyer autant qu'il veut, il ressemble à un adolescent qui découvre les fonctionnalités de son nouveau jouet, Adèle se moque de lui, Édouard s'en émeut, oui désormais que ce soit en

Espagne ou ailleurs, il ne craint plus d'utiliser ce genre de téléphone qui lui a coûté plus d'un smic, on peut l'écouter, il ne risque plus rien, plus rien à se reprocher, sa vie devient quelconque, comme le plus commun des mortels, il dort en paix, jamais plus je ne mettrai les pieds dans une prison, tout cela est derrière moi, j'ai tourné la page. Le voilà à présent capable de telles affirmations, il ose les faire siennes. Le voilà convaincu. Libre.

Qu'il serait doux de terminer sur ce mot. La rédemption du héros, la situation d'équilibre retrouvée, on pourrait alors refermer le livre soulagé, mais perplexe quant à cette fin quelque peu surprenante, on aura pu aimer l'ensemble du récit, mais non vraiment, finir de la sorte, c'est dommage, c'est raté, comment peut-on y croire ? Et on aurait raison de réagir ainsi. Il faudrait alors tout jeter, oublier cette fable et se remettre au travail, renoncer au smartphone et envisager qu'Édouard appelle enfin Hervé avec son portable rouge pour l'informer que depuis son retour à Marseille, il y a deux jours, il est chez Jacky qui l'accueille dans son petit cabanon arrimé aux rochers face à la mer. En Espagne, les choses ne se sont pas passées comme prévu, mais non, ce n'est pas grave, il s'agit juste de se faire oublier pour un temps, que s'est-il passé ? On ne sait pas. Inutile de demander. Adèle l'a rejoint secrètement pour le week-end, il invite Hervé à passer boire un verre dans la soirée, ils pourraient ensuite se baigner si le cœur lui en dit. À ce moment du récit, il s'agirait de préciser aussi que si Édouard l'appelle, c'est parce que Hervé lui a toujours dit qu'il pouvait le faire à n'importe quelle heure, certes s'il avait tué quelqu'un, il n'irait pas l'aider à l'enterrer ni à jeter le cadavre à la mer avec une ceinture de plomb autour de la taille, il ne ferait rien d'illégal, en revanche pour le secourir ou l'empêcher de faire une connerie, il pourrait toujours compter sur lui. Mais ce soir-là, ce serait plutôt après la connerie qu'il appellerait Hervé, encore une fois rien de grave, insisterait Édouard, il resterait vague comme à son habitude quand il évoque ses affaires, ça s'arrangerait très vite, il aurait très bien pu ne jamais lui en parler, il n'en aurait rien su, ça ne change rien tu comprends ? J'avais juste envie de te voir.

Après plusieurs verres de rosé, les deux amis feraient quelques pas vers la mer qui se rapprocherait d'eux, ils descendraient à sa rencontre par les rares rochers qui sépareraient le cabanon de la crique.

Édouard : On n'a jamais nagé ensemble dans la mer, c'est l'occasion. Ce n'est pas rien de partager un bain, on ne le fait pas avec n'importe qui.

Hervé : On y va alors.

Ils se déshabilleraient. Édouard, le premier, s'élancerait sans aucune appréhension et plongerait, il sentirait toute la chaleur de la terre remonter à la surface, le battement des jambes et la rotation des bras hors de l'eau parfaitement exécutés le lanceraient jusqu'au point limite au-delà duquel il aurait été obligé d'avaler la mer, il se retournerait sur le dos, la tête dans le ciel noir, les oreilles dans le silence, immobile, au centre d'une plaine liquide à perte de vue. Les clapotements saccadés de l'eau lui apprendraient qu'Hervé se rapproche, il laisserait alors ses jambes basculer doucement vers les profondeurs pour se redresser dans la mer, remuer pour se stabiliser. Ensemble, ils reprendraient plus tranquillement leur progression vers une ligne imaginaire qu'ils se seraient fixée sans se concerter. Et là, à nouveau suspendus entre le ciel et la mer, ils parleraient. Hervé entendrait leurs mots résonner dans la nuit infinie. À eux deux, ils échafauderaient le récit. Édouard pour la première fois raconterait sans fard ce qui se serait passé, tu vois, ça ira amigo, j'en suis sûr. Ici, plongé dans cette zone intouchable, que risquerait-il ? Qui songerait à venir le chercher ? Qui serait en mesure de l'arrêter ? On n'arrête pas les hommes qui nagent dans la nuit. Pour la première fois, il sentirait qu'il ne traverse plus le paysage, celui-ci enfin stable s'immobiliserait et le retiendrait durablement contre lui. Sans prononcer un seul mot, les deux hommes avanceraient vers le bord, là où les vagues brassent les galets et lèchent les rochers en continu. Le corps à vif, revigorés par le sang battant qui les brûle, ils regagneraient le cabanon où aucune force de l'ordre ne les attendrait encore. Et dans cet intervalle qui les séparerait des autres, Édouard éprouverait une sérénité nouvelle après ce bain, les interrogations s'inviteraient toujours, mais il saurait y répondre.

On peut donc s'arrêter là. Laisser les choses en plan. Est-ce qu'Édouard retournera en prison ? On ne sait pas. Ce n'est pas fini

Du même auteur

Après le silence, Liana Levi, 2015, Piccolo, 2016.
Rue Monsieur-le-Prince, Liana Levi, 2017.
Ford Blanquefort même pas mort !, Libertalia, 2018 (collectif, ouvrage coordonné par Philippe Poutou et Béatrice Walylo).
Au bord de l'étang, Arcane 17, 2020 (collectif à l'initiative de Pierre Dharréville).
Quand la ville tombe, Les Avrils, 2021.
Boxer comme Gratien, Les Avrils, 2023.

Les Avrils, une collection imaginée par
Sandrine Thévenet et Lola Nicolle.

Enthousiasmes littéraires

Conception graphique : Atelier 25.
Composition : Nord Compo.
Correction : Hélène Meurice.
Coordination prépresse : Maude Sapin.

Déjà parus aux Avrils

Raphaël Alix
Le Premier Homme du monde
Protocole miracle

Cécile Bartholomeeusen
À nos ardeurs

Isabelle Boissard
La fille que ma mère imaginait
Camille va aux anniversaires

Lucile Bordes
Que faire de la beauté ?

Jeanne Broucq
Zéro virgule neuf pour cent

Didier Castino
Quand la ville tombe
Boxer comme Gratien

Jean Ciantar
La Ballade des garçons-poussière

Guillaume Collet
Les Yeux de travers

Nicolas Delisle-L'Heureux
Un grand bruit de catastrophe

Martine Delvaux
Le monde est à toi
Pompières et Pyromanes

Arnaud Dudek
Le Cœur arrière
Un printemps en moins

Martin Dumont
Tant qu'il reste des îles
Tempo

Dominique Fabre
Trois Passagers

Bertrand Guillot
L'Abolition des privilèges

Amandine Hamet
Les Couleurs

Mathilde Henzelin
La Saison des bêtises

Driss C. Jaydane
Moïse de Casa

Bianca Joubert
L'Amérique n'est blanche qu'en hiver

Dimitri Kantcheloff
Supernova

Marie Khazrai
Poupées roumaines

Bill Kouélany
Kipiala ou la Rage d'être soi

Stéphanie Lamache
Objets, trajets

Alexandra Matine
Les Grandes Occasions
La Pire Amie du monde

Karim Miské
La Situation

Vidya Narine
Orchidéiste
Le ciel est mon drapeau

Dan Nisand
Les Garçons de la cité-jardin

Lili Nyssen
L'Effet Titanic

Bérénice Pichat
La Petite Bonne

Suzanne Privat
La Famille, itinéraires d'un secret
Toxiques

Johanne Rigoulot
Une fille de province
La Vie continuée de Nelly Arcan

Isabelle Rodriguez
Les Orphelines du mont Luciole

Sylvie Tanette
Une vieille colère

Alissa Wenz
Le Désir dans la cage

Achevé d'imprimer par l'imprimerie Corlet,
à Condé-en-Normandie
ISBN : 978-2-38311-043-9
N° d'impression : 25020637
Dépôt légal : août 2025